雅众
elegance

智性阅读
诗意创造

梁秉钧 著

座头鲸来到香港：

梁秉钧五十年诗选

 北京联合出版公司
Beijing United Publishing Co.,Ltd.

雅众文化 出品

目 录

青果

i

形象香港

游诗

在大地上寻找居所

莲叶

v

游戏

物咏

游艺

颂诗

附录

青果

摇摆在冬之树林
与歌之间
巨大的空间远不曾予你
成形的压力

《青果》·1967

树之枪枝

你说 看那些荒凉罢
看那些白杨看那些十字架
小小的风
在古老的枝桠间吵着
汽车喇叭那样的吵着
看那些小小的风罢
是的
为了一对狂野的眼睛
春天遂答应留下来
这是佩枪的白杨
这是佩枪的基督
声响在冷风与热风之间
而鼹鼠的愤怒却不知放在哪里
远方一株名字古怪的树
也急急的爆出芽来了

就这样子的愤怒下去吧
不管施栖佛斯的大石头
不管存在和不存在
就这样子的愤怒下去

1964

2

编按：

施栖佛斯即西西弗斯（Sisyphus），希腊神话人物，因触犯众神被罚在山坡上滚巨石。巨石每当快到山顶的时候，就会因为过重而滚回山脚，西西弗斯因此受到永无止境的折磨。

夏日与烟

而最重要的是

夏天早晚要过去了

早晨跟着早晨

然后你们就会

说整个秋天的坏话

怀念昨夜，想着今夜

比夜更灿烂的是没有的了

烟花唱着

橘黄的窗外有人唱着

音符是死的

阳台上谁不知道呢

在早晨里他们就尽想这些

至于烟，烟并不永恒

夏天也不是的

而她们仍旧以一柄阳伞

钉太阳的手在墙上

仍喜欢冰淇淋的颜色

用颜色种植昨日

的昨日

当然还是昨日的风采

泉水冷冷的，我知道

还有化石，还有草

可是既不寒冷也不固定的

夏天出现在洗衣铺的蒸气机上

以烟的手以烟的脚

1965

夜与歌

直至她们

在檐下漫漫的唱着

雨下着

寂寞而甜美的

许多个滂沱

总是这，总是那

廊下有人等待着

大理石塑像

浮雕的墙

歌声来自这

比生命还长的廊道

即使是思想中的一树绿叶

去年的园子

园子里的什么……

当你想象的时候它就在那里了

即使没有甚么

桌上翻开的小说里

墓穴里雕着的小马

你凭空捏造一所厨房简陋的布置

即使是那些烟火的气味

即使是那个

嘤嘤哭着的女仆

——它们就在那里了

即使是昆虫……

记起童年时听来的传说：

如果不剥下蜻蜓的尾巴

它飞去时会把你的名字记在墙上

这里的墙壁像夜一般空白

为甚么不让蜻蜓把它填满呢

就像歌声填满这比夜还长的廊道

即使是

窗帘子擦着窗飘起来

要来的冷冽的黎明

也要来了

即使是她们

漫漫的唱着

1966

废邮存底

怀疑了所有的屋背
它们是过而不留
仍将回到遥远
一支寒冷的故事
甚么时候
又将回转一个冬天呢
依然从身后走来
萎萎的草
一大束写给自己的
寒冷的书简
自厌与自傲的瓶
思想中的石楠花
"鸟儿飞去的是甚么地方呢？"
说着
得到的是

天空深处孤寂依然
给你满天的星
和说着星的
一百种理由
使你凝视

1966

青果

嘴内的颤栗

倾向喉间

无言地伸展着

触及浮离字语的痛楚

摆动在冬之树林

与歌之间

巨大的空间还不曾予你

成形的压力

1967

犹疑

不能想象多么冷

他洋洋洒洒的说

在窗上　是雾

涂抹的手　是

灰色在他们转身里

凝视中

并且说　哦

这么多树

面对你这许多脸孔

酒和饼和猜想

流荡你一艘船

把耳朵给水流罢

当然终于是泥土

不过如此

车厢里犹如炉子旁边

一张大理石的床

冷穿过你的国籍

死去胸臆间的边界

跳过下一个句子罢

下一段

所有关于时钟的描写

跳过它

略去所有围巾的风貌

略去栗子与巷道

一个风琴？也许

但最好把这些留待下次

他点首同意

同时被想起来的：

童年时涉足的街道

荒屋里的咖啡

与糖

全是这么遥远

这遥远

对于我

犹如你的名字

对于我

犹如他们的名字

1967

浪与书

清冷如书中所写

一个涂绘海鸥的童年下午

重来的浪反送我

到达如此的渡轮

今日下午是无所谓的

钟声的浪将淹没

兀自的梯子

与一支桅涟开去

垂着的影子

将画成十字

还要攀援一张

突然看见的脸孔么

还是放任而去

然后现在我忽然

发现自己置身在

这黑暗的角落里

这是不是

瞬息的云雾

如我所说我现在在此

一千本书后面

黑暗中而不是船上了

因为我急于写下我

所想的而我现在不能

从枝桠间看见鸟

栖止在谁的

屋子，从一面墙

熊罴虺蛇之间

你又梦见甚么

光线进来分析桌子的木纹

低低的天花板进来

　　　　　　　也出去

流水般流过所有的构成

翻开书又开始谈话

一切都是为了

不为甚么

回到开始的地方

再相对一张脸

笑成了轮回的船

1967

雨之屋

有甚么比灯光

更狭隘对于

室外的冲刷

我的手在未知上

我的手

将永远如此

民歌的段落

起伏在一张

海浪的椅子

说甚么也得

继续下去了

在那窗外看见

船部分的灯光

在部分的海港中

有甚么比这更

适宜于雨呢

想起鞋子

走在渍水的街道

雨的发茨

空无一人

倾斜着的

臂伸展成为云

哦怎样想起

怎样经过这一切阻挠

来到达你

无言的中心

如何抬头随你的视线

看见那些阴森黑暗

雨还是雨的意欲

并没有天明

1967

裸街

独自在许多路上

贫乏的眼是一盏灯

没有比这更黯淡的花卉了

一盏灯

你以为你是甚么

发里的破船

一种波浪

一些移过去的停泊

然而这里没有池沼

如果有我可以停下来

让水流的寒冷留在体内

直至死亡

但是它们没有

这样我随着我的意志飘泊

任它们引向

空中任何的一扇门

构思着透明在现在

或者一种仰首的蓝

从痉挛中舒畅出来的雪

或者在他们的对话中醒来

仍然赶上看见

远方一双伸出来的臂

打开另一扇门

总有人冷淡地弹着琴

背向他音符的兄弟

一脸孔灯

每一盏有不同的光

电灯杆上麻雀歌唱

唱它们家族中的枪声

哦　火药气息中

落下来

温柔的雨

1967

未升

几扇窗子反照着

未升的太阳

在我们清白的等待中成形

走过街衢

某些欢悦的脸孔

尚未在太阳之下

一块写着午餐的牌子

我抬头看见我远离

沙地上逐渐的白

毫无尘埃的清晰的影子

移向我

木质的河床间走着同样的人

泅泳者经已归来

他看见那些

尚未成为太阳的

1968

午路

倾斜的几个三角形

烟从我左方飘出去——蹒跚的脚步

在空中，从空中逸走

在泡沫的中途

虚幻的反照里不见头颅

暧昧的声音的正午啊

一头狗吠着而它的主人

在锯木板的铺中敲打着一点甚么

天空的阳光有葡萄的味道

晾在某些角落的衣服飘起来

让我们看见———一些疑幻疑真的闪光

冥冥中的一块镜子

在可见与不可见的两头晃荡

梦中的清纯、随阳光而来的

欲望、条纹形窗帘所漏去的世界

做成的欠缺

那些铁枝的叩击的迷糊⋯⋯

沉没叶丛的眼睛看见一道小径

在众多的纷扰中伸出它陈年的臂

1968

风与老人

风飘起他晾在颔下的胡髭之帕

它们暗淡地散着洗濯的湿气

风把他怀里的纸扇吹得一抽一搐

它的气息弱如游丝

风把他的带水迹的油纸伞的脸

撕出一道裂缝

风吹过带来一阵铁器相碰的脆音

一杯一壶一瓶一盏

它们分别盛着他的许多个部分

1970

青苍的早晨

热咖啡和烤面包

还有我的梦呢

在暗凉淡绿的重影中

咖啡壶兀自在一角蒸发热气

二十年前的一支旧歌

拢和烟影的恍惚

分不开是升腾还是摹拟

藏青色座位间偶有一张青苍的脸

正用素白纸巾抹嘴

电话铃断续的响声间

每人面前一杯热腾腾的东西

逐渐冷却

1972

除夕（一九七二）

他们拿走了烛灯和瓶花

咖啡店关门了

路上还有许多行人

灯光仍亮而黎明未来

我们将要继续徘徊吗

谈到远人和诗

尽让此刻的一个烟圈

在空中久留一会不散

霏霏细雨降下

且以围巾兜过脖子

留取风前的暖意

趁树未像人一般散去

人未像树一般呆立

真高兴这节日是一个借口

让人们扛着一株花树走路

而不会觉得是一件傻事

1972

旧句

从阅读昔日的诗句
回到现在的夜深
果子和花朵何等丰泽
夜平静而温暖
不同那些紊乱苍白的句子

静夜里向心的旧池挖掘
你找到甚么
那些泥泞亦是这般真实
黑暗中偶见蛋壳的碎片

钟表的准确仍不能传意
唯茶热触掌
那么多变迁中还有不变
仍见窗外灯光一明一灭

1972

形象香港

我们在寻找一个不同的角度
不增添也不删减
永远在边缘永远在过渡
我们用不同颜色的笔书写

《形象香港》·1990

后窗

从搭着湿地拖的后窗望出去

雨滴偶然无声

从横伸的沙玻璃滴下

灰濛濛的海上

一艘渡轮经过

是午后的几点钟呢

化学工厂的旗帜带着雨的重量垂下

起重机的黄臂

缓缓举起来打一个呵欠

窗玻璃干燥的这面蒙满灰尘

另一面是雨的濡湿

连接广大的海洋

在这一刻笼罩的云雾叫人相信

对岸也不过是同样的房舍

俯首只见小舟和车辆

无声同泊于堤的两旁

近岸处涌动深浅两色波涛

中午在鲗鱼涌

有时工作使我疲倦

中午便到外面的路上走走

我看见生果档上鲜红色的樱桃

嗅到烟草公司的烟草味

门前工人们穿着蓝色上衣

一群人围在食档旁

一个孩子用咸水草绑着一只蟹

带它上街

我看见人们在赶路

在殡仪馆对面

花档的人在剪花

在篮球场

有人跃起投一个球

一辆汽车响着喇叭驶过去

有时我走到码头看海

学习坚硬如一个铁锚

有时那里有船

有时那是风暴

海上只剩下白头的浪

人们在卸货

推一辆重车沿着轨道走

把木箱和纸盒

缓缓推到目的地

有时我在拱门停下来

以为听见有人唤我

有时抬头看一幢灰黄的建筑物

有时那是天空

有时工作使我疲倦

有时那只是情绪

有时走过路上

细看一个磨剪刀的老人

有时只是双脚摆动

像一把生锈的剪刀

下雨的日子淋一段路

有时希望遇见一把伞

有时只是

继续淋下去

烟突冒烟

婴儿啼哭

路边的纸屑随雨水冲下沟渠

总有修了太久的路

荒置的地盘

有时生锈的铁枝间有昆虫爬行

有时水潭里有云

走过杂货店买一支画图笔

颜料铺里有一千罐不同的颜色

永远密封或者等待打开

有时我走到山边看石

学习像石一般坚硬

生活是连绵的敲凿

太多阻挡，太多粉碎

而我总是一块不称职的石

有时想软化

有时奢想飞翔

1974

北角汽车渡海码头

寒意深入我们的骨骼

整天在多尘的路上

推开奔驰的窗

只见城市的万木无声

一个下午做许多徒劳的差使

在柏油的街道寻找泥土

他的眼睛黑如煤屑

沉默在静静吐烟

对岸轮胎厂的火灾

冒出漫天袅袅

众人的烦燥化为黑云

情感节省电力

我们歌唱的白日将一一熄去

亲近海的肌肤

油污上有彩虹

高楼投影在上面

巍峨晃荡不定

沿碎玻璃的痕迹

走一段冷阳的路来到这里

路牌指向锈色的空油罐

只有烟和焦胶的气味

看不见熊熊的火

逼窄的天桥的庇荫下

来自各方的车子在这里待渡

1974

寒夜·电车厂

灯光　嵌在　寒冷的黑暗中

最高的一盏

　　　　　　是月亮

高楼的峡谷外

车辆奔湍的流水

经过嶙峋的岩石

　　　　　　又激起点点水花

灯光

　　嵌在寒冷的黑暗中

汹涌的奔湍的流水

冷得发抖还在歌唱的马达

　　　　　　　　转进峡谷

一辆孤独的电车

　　　　　　转进电车厂

在转角处擦出一闪青色的光芒

然后又消失了

　　　　　　一辆孤独的电车

暗绿色的身体里透着微光

像一个千眼的灯笼

　　　　　　在路轨上缓缓滑行

32

像一个灯笼　在水上漂流

　　　　　　　然后凝止

　　　成为一块石

暗绿色的身体里透着微光

　　　　　　　在路轨上

一辆又一辆的电车

从灯光灿烂处驶进来

　　　　　　凝定

在布满小食档的横街

和潮湿昏暗的小巷旁边

　　　　　　　　我们的电车驶进来

司机懒洋洋地跨过轨道下的小坑

深陷的寒冷

　　　　隔一条街道外

苍白的街灯

　　　　一盏一盏

电车厂的后门外

犹有风驰的汽车驶上天桥

　　　　　　　远去

灯光嵌在寒冷的黑暗中

偶然

　　　掉下

　　　　　一盏

恐怕是碎成流水

于是又多一盏黑暗

寒冷

     使霓虹灯张嘴时

吐出一团雾气

隐没了唇的肌肤

           在不远的地方

又一辆孤独的电车

            转过弯角

擦出一闪青色的光芒

1974

拆建中的嚤啰街

正午的太阳照着

一个蹲在路旁的老者

铁灰的佝偻的背

污水淹至他的后跟

而在前边一幅布上展开

古玩和陶瓷的落果

暗疵的青玉旁

是更多锈棕色的剪刀

在一个偶然的顾客的播弄下

迟钝地开合

弃物铺展至路的尽处

旧式熨斗中没有炭

电钟没有通电

书籍没人翻阅

旧衣服中，没有肢体

蒙尘的镜面上

映出一叠朦胧的古钱

更少外国游客

拿起一块玉坠

谈论价钱

苍蝇嗡嗡拍动铜器的锈绿

玻璃的裂痕

　　　　　和陶瓷的污渍

身后铺子的黑暗中

一列古老的鼻烟壶

分盛着许多零碎的过去

两旁一些铺子已拆去

富有的店家移上一条街道开设新店

另一些留下来在街头摆卖

堆满废铁和旧木板

街道显得更狭窄

也更多灰尘了

那边铁器铺的槌声

一声紧似一声

1974

华尔登酒店

玻璃杯和银器的轻巧压不住

风吹起白色桌布

露出一方粗拙的台脚

那蓬蓬的翻掀

来自远处的风暴

低压的云层叠成阴霾的天色

老者犹在廊下剪草

把细细的黄色圆槐叶

扫成一团

小小的斑斓混和尘埃

在午后喝茶的人肘下

朝外是一列空留的位子

低低的絮语，银匙的搅拌

如小幅波浪形的布篷

无聊地垂下

在无庇荫的位置就摇动不止

偶然遮掩对山密密层层的屋宇

偶然展露隐伏的黑云

"是风么？是

起风了么？"

不见根基的高处

黄槐叶轻颤

轻易碎了一地

1974

新蒲岗的雨天

我又乘车回新蒲岗

雨却落下来了

游乐场的摩天轮没有转动

只是钉在半空

公共汽车停站

树丛后的红与黄是花朵吗

是一辆货车的颜色罢了

雨落下来

大渠里土黄的水流混和染紫的污水

有人站在旧轮胎压扁的屋背

和生锈的车壳间

我们走一段泥泞的路

在新蒲岗，雨下过没停

工厂大厦的灰墙旁

冒出一缕白烟

雨不断践踏它

我们在大厦夹缝的大排档避雨

吃一碗牛腩粉

看雨从布篷的边缘滴下来

湿漉漉的新蒲岗的雨天

放工的时候工厂涌出人潮

挤在太狭窄的檐下避雨

总有点滴的寒冷

滴入人的衣领去

雨透过报摊盖着的透明胶布

敲打书籍

穿花衣的少女

避雨时读一本四毫子小说

蓝绿和黄色油渍的花纹

流下路边的沟渠

这不是我们可以拦阻的

我们在别人放工的时候回去

狭小的报社

背后的柜上压满蒙尘的旧报纸

人们都离开了

我们还留下来拆信

希望拆出一首诗

　　　　　一朵花

　　　　　一声招呼

有时老关上来

校对他的散文

有时老何坐在对面的椅上

谈他始终没有动笔的小说

一个女孩子说古板的教师

和独木舟的梦想

我们喝一杯福记的咖啡

总是这么多凌乱的纸张

人们都离去了

是关门的时候

离去时熄去一盏灯

多一份雨的寒冷

有时大家都穷

找谁的祖母借钱吃一顿晚饭

倾谈至夜深

总还有计划

还有下一次怎样

那时我们相信

有些东西不会烟圈一般轻易消失

喝了几杯酒

互相鼓励写伟大的小说

分手的时候

我们走向街头

在人群中分散

老黄走向奶路臣街

我们晓得

他甚至会向一切在街头围观电视的

苍蝇、疟蚊、大象和小型房车

推销他的旧书

而老李带一瓶啤酒乘小巴回到青山

他会在半途把眼镜掉到车外

然后回家告诉他女人

吃苦瓜可以使人心胸广阔……

雨下着，在新蒲岗

墙上白色的字体剥落

最后只剩下一面赤裸的灰墙

我们避雨时

用手指蘸水写在墙上的线条

不一会便被雨水冲去

一辆公共汽车驶来

几十人争着涌上去

而我们走一段泥泞的路

最后一次回到新蒲岗

时间已经晚了

人们现在怎样了

听说老麦现在以说色情笑话为乐

听说老白现在酸溜溜的

而老阮那么时髦

甚至嘲笑一切印出来的东西

这是个湿漉漉的雨天

机器仍在转动

它们快要只印数字和资料了

在旧报纸压得半颓的架子下

我们最后一次

在纸堆间拆一些信

希望拆出一首诗

        一朵花

        一声招呼

在这个湿漉漉的雨天

在这很晚很晚

人们都离去了的时候

1974

横街

工厂大厦坚硬的建筑上
某些柔软的东西
灰雾模糊了山形
雨降下
阴霾的日子
浮浮沉沉的
冷暖

剪刀轧轧
那么锋利
营营的声音
如菜屑满地
脚下湿冷一片
牛杂档子
升起腾腾的热气

大厦前
一个朋友
看见我走近
别过头去

闪光的白铁枝
积起寻常的锈
抬头看天空深处
灰云后的明亮

孩子们围成一圈
看捏面人的魔术
从那湿冷的面团中
捏出了人

1976

交易广场的夸父

我想我们都仍然喜欢那样的故事

站在电梯上我看见前面一个女子

奔跑赶上快将开行的地下车

我知道我倒下也不会发出轰然的雷响

我可以把大家衣服上的油渍

变成桃叶上的雨滴吗？

偶然相见，说一个神话，吃一顿午饭吧

人是用想象和泥土做成的

在这个城市里，你拖着河流奔向林莽

跑过遍地粗砺的石砾

肌肤起茧，逐渐远离了

（车辆匆忙地开走了）

这星球所有的温暖

冷月擀着温驯的面，用力揉压下去

生活令你脑子听见声音

你举起巨大的臂膀想要把那团光明

用双手捉住，好似相爱的秋天

气流在腰间使你颤栗

你想把向日葵带给高楼间行走的人

但累积的担子使步伐沉重，我们走过天桥

仍想去看天空和远山，看交易广场那儿

一头金属螃蟹撑起巨大的臂膀

仿佛焦渴的时候可以一口喝尽大海

像树木顽强抵抗世界的灰尘

成为林荫，遮庇另一些疲倦的人

我们走在闹市的边缘，我想我看见

走累了的人倒下，晃动头发上的河流

给眼前的世界遍洒新的露水

1985

夸父是《山海经》神话中的巨人，他要驱逐猛烈的太
阳，免它暴虐人民，却倦极口渴而死。死后他的头发
变成河流，手杖变成桃林，为后来疲乏的人解除劳累。

老殖民地建筑

这么多的灰尘扬起在阳光和
阴影之间到处搭起棚架围上
木板围拢古老的殖民地建筑
仿佛要把一砖一木拆去也许
到头来基本的形态仍然保留
也许翻出泥土中深藏的酸苦
神气的圆顶和宽敞的走廊仍
对着堵塞的墙壁也许劈开拆毁
梯级也许通向更多寻常的屋宇

我走过廊道有时开放得灿烂
有时收藏起来的盆花走下去
影印论文看一眼荷花池歪曲
的倒影尖塔的圆窗漂成浮萍
经过早晚淘洗不再是无知的
清白可能已经混浊天真的金鱼
四处碰撞探索垂死根枝仍然
僵缠橙红色的鳞片时暗时亮
微张的鳃叶在窗格那儿呼吸

把废墟的意象重新组合可否
并成新的建筑头像是荒谬的
权力总那么可笑相遇在走廊
偶然看一眼荷花池在变化中
思考不避波动也不随风轻折
我知你不信旗帜或满天烟花
我给你文字破碎不自称写实
不是高楼围绕的中心只是一池
粼粼的水聚散着游动的符号

1986

编按：
原题名为《勉叶》。

形象香港

我在寻找一个不同的角度
去看视觉的问题。
这帧旧照片，原来是在
弥敦道的光光摄影院拍摄的。
今天有谁还着色呢？
我抬头，看见荧幕上的半山区。
她来自上海，忘不了昔日的繁华、
霞飞路上的白俄咖啡店。小提琴
音乐。究竟是甚么一回事？
双妹唛花露水。瓶子摔在地上碎了。
叫卖的人把飞机榄掷入后现代高楼。
我同意她说每个人有不同的想象。
他在法国研究安那其主义，回来
在花花公子、然后在资本杂志工作。
我们眺望月亮，我们一起从不同的角度
眺望月亮。尖沙嘴的钟楼、
香港仔的日落。他们打算重新布置
这房间。皇后餐厅。中国会所。
伸出手按钮，无尽的画面
太多时尚的挑逗，令你无法专心。

太多琐碎的事务，不同的场合

不断转变的身份，我们甚么时候——

他是报告文学的好手，他擅写

资本主义社会里的狗和色情杂志。

甚么时候坐下来谈谈？

复制的歌星映象和歌声，转移了注意力。

欲望被扩张的荧幕重新界定。

伸手出去，触及了甚么？

历史是一连串形象

塑造的材料可以是纸箔、塑胶、纤维

镭射影碟的按钮……我们抬头

眺望月亮，今夜的月亮

在时间的尽头还是开端？

她是来自台湾的小说家，以为自己

是张爱玲，写香港传奇，霓虹倒影

天星小轮泊岸的浪花，旧火车站

不断复印的浅水湾酒店

异国情调描绘给远方的观众。

我们在寻找一个不同的角度

不增添也不删减

永远在边缘永远在过渡

我们用不同颜色的笔书写

这些东西也很容易变得表面

历史就是这样建构出来的吗？

至于他，他擅写东方色彩的间谍小说——

杂在别人的话中

为甚么有些话无法言说？

他们打算重新布置这房间

我们抬头，寻找——

1990

编按：

飞机榄：香港、九龙地区楼高，早期卖甘草橄榄的商
贩以投掷方式，将橄榄掷入高楼上的买者，投掷得又
高又准，小贩称之为"飞机榄"。

楼梯街

穿着木屐穿过楼梯街
我和影子穿着木屐穿过岁月
我的足踝跟我的足踝说话
我说岁月是衣裳竹日子晒出芳香
（"衣——裳——竹！"）
我说记忆是把剪刀（磨较剪铲刀！）
把一切剪出一个朦胧的轮廓
说话的时候月亮在我身边徘徊
跳飞机的时候影子为我凌乱
穿上一双木屐一切便都穿上了

穿过楼梯街我穿的木屐掉了
失去一双木屐一切便都失去了
穿过楼梯街（不觉众鸟高飞尽）
高楼建起来（秋云暗了几重）
我蹲下来在石级上摸索我的影子
汽车隆隆声中好像听见你的声音
好像说：那时……花开……一十一
说话断续破碎我逐渐听不明白
不知可不可以跟失去的声音相约：
明朝有意穿着木屐再回来？

1990

我的六〇年代

"童子军得胜归来"

　　　　　　并不是那么浪漫

其实也有许多挫折

　　　　　　女孩子无端尖叫

老人长叹一声

　　　　　　眼光回顾落日

母亲不断地缝衣服

　　　　　　穿珠编成彩带

线断了

　　　珠子散了一地

　　　　　　　糖黐豆

何济公

　　（立即捧着肚蹲下来）

怎样在游戏中

　　　　　　找自己的位置？

我老在街道上流浪

　　　　　　想去摸索城市的暗门

她对着音乐疯狂尖叫

　　　　　　老是要穿短裙

追上时装的意识

（她不喜欢阿妈的黑胶绸）

他想要买一个结他

　　　　参加新潮舞会

总有那么多东西

　　　　逐渐改变我们的身体

我们在木屋区

　　　　在一场台风后

　　　　　　　　对着失去的屋顶发愁

我阅读的托尔斯泰

　　　　　　跟我挤的电车有好大的距离

单恋一双健康的眼睛

　　　　　　总觉无能为力

重重的抑郁压在肩头

　　　　　　想要站起来

我们甚么时候变成法国电影

　　　　　　断了气

在哀伤与虚无之间

　　　　　我宁选——

结果还是回到挤迫阴暗的家

　　　　　　　睡在客厅

没有私隐的床上

　　　　　翻阅厚厚的书找到秘密的答案？

街道上不知为甚么那么喧哗

　　　　　　街道上

（水浸金山七层楼）

        为甚么断续有砰然的爆炸？

有一个我不理解的世界

        从一本私人日记

我开始尝试挖掘

        （"答案啊，我的朋友

是在风中飘动——"

        "人造花工厂的工人罢工了！"）

一条地道通出去外面

        无法把握的世界

"电灯泡！"

        "Bulb！"

我们是顽童奔跑的脚步

        无意中越过了边界

头顶上老是严厉的规条

        "点指兵兵

点着谁人做大兵！"

        还因为看的书

因为头发太长了（做大贼！）

        被人嘲笑

怎样通过与别人的游戏

        去寻找自己的位置？

翻阅古老的诗词

        同时订阅外国奇怪的地下杂志

我向往花的言辞

　　　　　我穿一条朴素的灰斜裤

（"我看见我们这一代

　　　　　　最优秀的脑袋……"

　　　　　　　　　　　　毁掉了）

我翻译地下文学

　　　　　我尝试当一个规矩的代课教师

老是睡眠不足

　　　　　不知怎样在日夜之间来往走私

夹带偷运某些东西穿过晨曦的边境

　　　　　　　　　　　我把别人

翻译成我自己

　　　　　我通过唐代的诗人加州的诗人

找一个方法去说我的感觉

　　　　　　　　单脚过河桥

我吃现实的三文治

　　　　　我自己是些甚么东西呢

黏在牙缝里

　　　　翻不过去的东西

　　　　　　　　跳 Over

小皮球

　　A 字裙

　　　　塑胶花

　　　　Donna Donna

神州大地

    关社认祖

        和平与爱

            男女平权

                保卫中华

沉重的闸门

    疲累而求超脱

        既冷又热的爵士乐酒吧

既集体又自我

    既压抑又放纵

        既迷惘又充实

既寻获

    又失落的

        徘徊在街头

想这儿是一块甚么地方

        我怎样可以走出去

1994

香港历史明信片

我们寄出的图像已经过修补
是我们未曾经历的风景

                我在背后

写上私人的问候，在方寸里
我若告诉你最隐秘的忧虑与担心
可会在无数陌生人中间流传，展示
在好奇或冷漠的眼光中，把褐色的油墨
漂得更淡更浅，直至那些跑马地的茶园
摆花街的花档、从事各种营生的小贩
像一个在树枝上纺线的老妇人
逐渐消失了影踪

                我在大量生产的图像中间

挑选，不知怎样向你传达个人的讯息？
我无意夸张马场的大火，或是风暴中
在港口沉没的战舰，我不是度假的游客
给你在灾难的场景旁边写几个字：
我们动程往上海去玩了！我不是
投机掮客或殖民官员，爱把异国情调的
影像寄回老家：留着长辫吸鸦片烟的
赌徒、歌女、拳师或是人力车夫

我厌恶地翻过去，我无法否定

它们的存在，但我当然亦无意用来

代表我们

    我在影像的旁边写字

潦草的字迹有时写入坚尼地城的小路

摩利臣山的第一所中国人学校

大使团访华途中在此驻马饮水的水塘

总想问历史是怎样建构出来的？

许多人曾经在画面上着色，许多人

把街道改上他们自己的名字，雕像

竖起又拆下，许多人笔墨纵横的滥调中

我给你写几个字，越过画好的

分寸

    我们如何在往昔俗艳的彩图上

写出此刻的话？如何在它们中间描绘我们？

1994

蔡孑民先生墓前

他们找不到丰碑巨碣就失望了

奇怪老有人想把你吵醒

搬离偏僻的香港仔，回到

更显赫的中心

　　　　　曾经在铁屋里

唤醒垂死的人

　　　　　掷石荡起涟漪

至今未尝止息

那是北京一个普通的星期天

一个凉爽、刮风的日子

　　　　　　　一代人

站在新旧中国的交界处

曾经相信

　　　　　兼容巉岩和野草

逐步缓缓改变

　　　　　众人的视野

你在追求文明的风景

　　　　　　荡起的涟漪

也扩展至这务渔的小岛

如今架起新的天桥

有来往喧闹的车声

　　　　　　　总是问如何整饬学风

延聘敦厚的专才

　　　　　如何周旋于

激昂与懦怯之间

　　　　　如何在浇薄的人间

推广美的教育？

　　　　　　　在灾难的岁月辗转进退

你一定费煞思量

　　　　　最后病倒了

　　　　　　　　南来养病

后来你看不到更大的火灾了

那些焚掉的书本

荒废的校园

败坏了的一排排乔木

不是你心中豁达的景致

　　　　　　　　你有理由

留在这里

　　　　正如你留在

　　　　　　　任何一个地方

静看一朵云飘进来

　　　　　飘出去

你已经成为我们的一部分

我不必夸张举殡的热闹与墓前的冷清

让我们不要在风景里寻找牵强的比喻

不要从一个高昂的角度鄙视岛屿的边缘

实事求是地看待铺地的落叶吧

这里毕竟是你多年休憩的地方

                    我们献上花

      如果有一天

你找到一块

      更宽敞

        更包容的

            乐土

更文明的

      宁静而强毅的园林

我乐于目送你归去

        祝福你

         祝福我们

1994

雀仔街

在一个鸟儿自由飞翔的地方
你回想鸟儿都挤在笼里
是甚么滋味？我这并不仅是假设
你是游客而我从一个本地人角度
发言。我不见得会知道得更多
若果我知道的只是鸟笼如何编织
雀粟如何煮成，我或许可以见证它的
滋味，问题是——我一边写字
阴云里突然冒出了太阳，照亮了世界
一片明净里笔的影子在白色的纸上
掠过——我如何可以见证更多？
在一座巍峨的博物馆前面——里面有
不少来自东方的奇珍——你可会偶然记起
我们那条湫隘的街道？也许你带回了模型
小雀笼、没有红虫和草蜢的干净竹笼
混和在渔家的竹帽以及挤迫的记忆里？
不，我不是从相对于你的本地人角度控诉
我若虚构乡土的朴实——楼上茶居里
有斗鸟的血腥——我若沉迷于怀旧的情调
也未尝不像你的猎奇，大家都可能同样

——我总想插入多一个角度的看法

扰乱流畅的叙事铿锵的文辞——

偏狭？我游移在两端之间，尝试

说一些另外的话，但当我正在写字

白日不觉又没入灰云，纸上

一片冷雾，隐没了文字清晰的影子

1994 写于大英博物馆门前石阶上

大角嘴填海区

不，我并不仅想嘲笑泛滥的影像
说一切都是滥调，以致我们感到无力
去按下快门。我也不相信落霞
与孤鹜、清晨荷叶上的露珠
但我也不想说一切都是模棱两可
甚么都可以，甚么都无所谓
以致你走前去或退回来都没有分别

我也知道我们会轻易变得
像那些每天来对着海洋做晨运的
老妇人，即使大海已经填上泥沙
她们照样对着比自己高大的沙土
一二三四摆动自己的双手
我也知道歌颂纯朴和自然很容易

变成笑话。万千的趸船竖起
张扬的臂，扰乱了谁的梦境中
子夜黄金的面纱："最繁盛的
商业中心！"真没有意思
某天我们走近那些摩天楼之间

狭隘的通道，各式外墙上
违章建筑把内外的边界模糊了
横街上公众和私人的空间交缠
难分。但我也不想说一切

只有破碎，这儿一切只可以是
矛盾和嘲讽的景象，说所有事物
变化得这么快所以我们并没有
历史。不，我并不完全想接受
这些时髦的看法……我等着看
你等待甚么光线？一群跑过的孩子
一个更好的角度？我等着
你按下快门

1994

重画地图

望下去看见金属的溶液流泻

银色光点滚动

　　　　　越过银白的光脉

我们是在哪里？

　　　　　下面是蓝色的海洋

还是天空？

　　　　　远处是雪山的尖顶

还是某人脑袋里的神经末梢？

光点

　　　隐没了

　　　　　又浮现出来

你正在飞去一个地方

　　　　　　　还是飞离一个地方？

我想回到一个房间

　　　　　　　那里放满旧诗集

经历战火和杂乱

　　　　　　撕破了封底，涂花了

又在旧书店捡到

　　　　　　那些影印回来的旧资料

那些沙哑的录音带

　　　　　　　　记下了一些逝去的声音

可以帮助我

　　　　　　重写一段新诗的历史

不，这样的房间从未存在过

杂物堆积起来

　　　　　　　盛载资料的纸箱在流浪

越过了不同的海岸线

　　　　　　　　书籍散失了

几十年前某个诗人飘零的句子

　　　　　　　　　　从未结集成书

永远在人们画定的地图外流浪

我只能想象一所巨厦

　　　　　　　　　让所有的幽灵栖息

我以残损的手掌

　　　　　　　抚过明昧的中原

捡拾那些散落在外的线团

　　　　　　　　　　扯起来

拆开了人们努力捍卫的边界

　　　　　　　　　　一点光

凝聚

　　又消失

　　　　　　在广大的蓝色里

鱼鳞似的云

　　　　一片

　　　　　　一片
把实在的地形翻成更宽敞的地图
因为不同的点上
　　　　　　　有我记挂的人
越过了疆界和旗帜
　　　　　　　　遇到一首喜爱的诗
在不同颜色的等高线里
　　　　　　　　　我们开始说话
跨过高山
　　　　　我们看见世界的另一颗痣
不管人们为一块补丁吵架
　　　　　　　　　把一根头发纳入
自己的版图
　　　　　片片鱼鳞的云
　　　　　　　　飘散
离开我们视线之外
　　　　　　　四散的思绪
我们怀念的人和诗
　　　　　　　飘到各处
我们在心里不断重画已有的地图
移换不同的中心与边缘
　　　　　　　　　拆去旧界
自由迁徙来往
　　　　　　　建立本来没有的关连

广漠中偶然闪过

　　　　　一些游离的讯息

在浮泛的光幕底下

　　　　　逐渐晃现了陆地的影子

1994

旧市空间

总是知道怎样应付空间苛刻的待遇
在方寸里雕镂缤纷大千世界
在没有院子的地方发展了天台
没有泥土的铁皮屋背种植花园
立足的地点虽然不够牢固
随时在上下左右搭起多年的寝室

是铁笼还是静轩名实老是移换不符
泯灭了内外的界线狭小的冰箱里有海洋
后门前门大排档台凳阻碍曲径通幽
流动小贩整天照顾大街小巷的胃口
朝拆晚笑的帆布床是我们秘密的形状
有限的空间里舒伸瓶罐中长出树苗

1997

中环

以为你是回来找我呢！
不过是一个星期一的早晨
掠过我身边的人影，赶着
回到喧闹的股票的、阴沉的
律师行、发散着药味的牙医事务所
空留下这一刻的阳光与树影

上一回是甚么时候？明明记得
你穿一袭黑胶绸，挑一担甜柑
花影摇摇间四周的高楼盖起来了
包伙食的人顶着午饭，响铃的单车
晃着背后的火水罐，没入新款的车流
与一座古老的邮政总局一道消失了

1997

虎豹别墅

游客来到这里止步
这已是一个崩颓的世界
铁丝网拦阻不了什么
松脆的岩层从里面分解
人工的填补也盛托不起
更沉重的堕落、更无奈的磨折

我们童年时心怀厌恶，但觉
这旅游胜地只吸引好事的俗人
今天我们重临，又有何不可？
在色彩斑斓的通俗剧里
我们故意寻找最平常的
不带寓言的一块石头

他们自称是牧童与仙女？随便说吧
不说谎话只因害怕割脷刑
各自蹲跪或奋起，他们满足于
简单的训诲，我们面对士敏土光滑的表面
也有犹豫或恐惧，游人拍照留念的
油锅背后，我们想象其他的地狱

1997

城市风景

城市总有霓虹的灯色
那里有隐秘的讯息
只可惜你戴起了口罩
听不清楚是不是你在说话

来自不同地方的水果
各有各叙说自己的故事
橱窗有最新的构图
革命孩子和新款鞋子押韵

我在你的食肆里
碰上多年未见的朋友
在渍物和泡饭之间
一杯茶喝了一生的时间

还有多余的银币吗
商场里可以买回许多神祇
她缅怀前生的胭红
他喜欢市廛的灰绿

给我唱一支歌吧

在深夜街头的转角

我们与昨天碰个满怀

却怎也想不起今天

2003

座头鲸来到香港

他们并不知道

你的先人来过这儿

（他们老在问：这儿可也曾出现过

向往海洋的视野？）

他们也不知道你来追寻找先人的足迹

你能寻到什么呢

这儿是个善忘的城市

他们都不大看得起自己

老觉得该没有什么大事会在这儿发生

只是偷偷庆幸捡到便宜

顺便出海偷瞄几眼

明天在饭桌上炫耀两句

这就够了

日常生活不要超过保守的尺码

吃饭不要用太大的碗

若要游泳

儿童池就够了

需要什么请先填表

有什么计划请排队轮候

有电话进来先耍你两手

你这样闯进来是太不守规矩了

不过也没有人出头批评

他们都等着看看有没有什么好处

能否分到一杯羹

折扣优惠买一头吹气的小胶鲸鱼

分期付款买一角海景

在世界大事的旁边

拍一个照

他们完全没有想到

他们永远不会相信

你是为这个地方而来

你是为他们而来

你是为他们带来了海洋的警告

2009

冥镪

祝融在跳舞
从灰烬里
开出诡丽的花朵
她总可以婀娜走过
仿佛一切与她无关

红色的眼睛
从土地的深处凝望你
透过散落满地的
腐叶和枯枝
看进你我的未来

蜡烛垂泪到天明
一滴比一滴浓重
涟漪荡开，连起此去
无尽的天涯路
从今生到来世
你可报答得了
湛蓝波涛的深情？

紫色是我们的遗憾

没法摆脱的

人世的包袱

招贴残旧的符签

委弃于野地

可又长出丛丛绿叶

他供奉历史的怪兽

败柳和蒲葵砌成

映像的杂草光影

浇上祭祀的白酒

在无人注意的角落

焦黄枯叶上长出一朵嫣红

用无人听见的话语歌唱

2011

城市的窄巷

城市的历史
凝聚在破布和纸絮上
令后巷后窗也缤纷多姿

她老梦想着飞翔
他离去可又已归来
相遇在狭隘的巷道

在音乐和图像的废墟
小丑已经醉得忘了惹笑
任无言的一对勉强共舞一曲

在人情的万花筒里
身体如碎花颠来倒去
所有的花款都是暂时的

2011

大尾笃冬景

长途车尾站，陆地的
尖角。路旁老树
黑干上有绿叶

迎面一株老榕树
自由伸展老臂
垂下绺绺根须

背后是不易攀爬的
八个神仙的山岭
永远俯视着我们

就近山边布满老根
枝桠夹着飘动的纸屑
是一度意欲高飞的
风筝的残骸

没有路了？我们尝试寻觅
穿过狭窄小路走出房舍
终看到：广阔的湖水

这么安静，这么宽广

一头白鹭独立水边

等待振翅高飞

天际有白云

2012

游诗

游是从容的观看，耐性的相处，
反覆的省思。游是那发现的过程

《游诗》后记·1985

大三巴牌坊

孩子们持着燃烧的烟花

跑上石级

停在这巍峨的前面

看那些烟火黑痕间

高高的圣像

走进这崩毁的教堂

看不见其他三面墙

没有彩色玻璃、金袍和烛火

在座椅和圣坛那儿

是一丛丛蔓生的大红花

那些浓密的枝叶

比细致的雕镂更强韧

叶绿花红

盖去露出底里的破泥墙

而云在上面

悠悠抹过

进去又走出来

在这只有前壁的建筑旁

又一座小小的哪吒庙

不同的神像，同样的破落

门前一堆生锈的铁轮

凝定不再滚动

庙宇烟熏的黑暗芜乱中

一行陈旧的对联：

"吾神原直道敢生多事惑斯民"

这旁边

次林园的围门下

两个小市民的老头

正絮絮地闲话家常

1973 澳门

旧城

灰黯的楼宇间

整齐地驶过一列自行车

铃声却是参差的

逐渐分途了

有人驶远

转了弯

有人在饮食店旁停下来

饮食店前排着队伍

阴暗的店里横悬的布条下

人们低头吃饭

又一列自行车

在门外驶过

隐没在屋宇一色的灰霾后

铃声总是参差的……

我们转进文化公园

坐在老树根旁

喝一分钱的清茶

同行的友人说

不知哪里可以买一块肥皂洗去满脸灰尘

我没有说什么

只是看那边的妇人

扫满地落叶

想可有谁能洗去城市的灰尘

1974 广州

旅程

我们沿着海岸线旅行

每天黄昏来到一个不同的小镇

我们沿着海岸线北上

然后

南下

一天向着夕阳驶去

另一天背着夕阳

我们看见澄蓝的海水

绿油油的稻田

另一天

煤矿的台车

黝黑的煤屑

湫隘的矮房子

我们沿着海岸线旅行

一天看见一个长满树木的小镇

另一晚来到一个渔港

我们在新填的海边

找寻渔火

我们在路旁

看人们如何默默插秧

在灰暗的屋内

敲打铁器发出红色火光

我们乘坐火车

转公路车

然后步行

在竹林后面发现

最漫长的海滩

在遥远的步行后

看最高耸的瀑布

我们旅行

沿着海岸线

随时更改行程

转进分歧的道路

在没听过的地方住宿

我们醒来

又再背起背囊

走四公里路

我们与陌生人谈话

用不同的方言

入夜后

我们看见一辆单车的红灯

另一天

我们看见化工厂的火灾

我们总是问：

"什么事？这是什么？"

我们倚着靠椅睡去

又再醒来

唱歌、谈话、喝一杯茶

找寻更壮大的树木

更巍峨的石崖

找寻更高耸的瀑布

更漫长的海滩

1976

高山上的小村

破旧的蒸汽火车
冒出一缕白烟

巨大的树林旁
小小的村落

一筐红椒
在阳光下曝晒
落了的樱花
晒干做茶

煤屑的路没有尽头
男孩弯身砍柴
红色小火车
载满木材

断了半截的大树
从切口长出新苗

黑色的木屋间
飘着洗晾的浅蓝衣裳

1976 台湾

避雪

灰白的
瓦檐
　　老人的发

门都关起来了

冷
　鱼躲在池底
　　　　　　金色
埋在重浊的水下

石庭
　　黑石间
　　　　　点点白石
你发间
　　　霜雪

我们走到廊下
把半关的木门
　　　　　　推开一点
看屏风上的彩虹

1978 京都

万叶植物园遇雪

千千万万的叶子

我不知道它们的名字

逐渐消失了

在白色中

这么冷

四周降下点点

覆盖一切生命的

雪

这我知道名字

1978 奈良

一个寻常的雨天

坐在图书馆窗前读书
翻开的书页上有人说诗
"是施诸日常言语上的
一种有组织的暴力行为"
雨就这样落下来，我抬头看见
它把现实染成濡湿，雨的缓急和疏密
叫我看见风在抚引，群树
柔顺地呼应，溢出
日常的韵律
是在这四壁图书馆之间
曾有过猛烈的地震
所有的书都动摇了
有人尖叫起来
悸动的心突然注视抖索的世界
汹涌的热情摇晃墙壁叫人回答它
当铅笔掉落地上
清脆的纸张飘散
颤栗的人找寻依靠的怀抱
现在有些树已落尽叶子了
当我思虑过多
胃部隐隐绞痛的时候

我继续翻阅俄国形式主义者

对诗的看法，用一支新削的铅笔

在纸上写字，或是走出图书馆

独自去吃午饭，我把帽子翻起来

默默行走在濡湿的路上

林木间淤积的沙堆上有清浅的流水

折断的枝桠和落叶贴在柏油路边缘

点点棕色可疑的果子

浮浮沉沉的伤痕

展示雨的始末

在路上走得太久了

双手和脸孔变得冰冷

走过去年的办公室

现在不知谁在里面

他们把大门敞开，也没有挂画

它又变回一个寻常的房间

灰色弥漫，远山都隐去了

偶然一声自行车的铃响

滑过发亮的地面

一件鲜黄的雨衣，点破

沉默，然后又是灰色的路

我沿着行人道旁的红线

前行，那惯见的红线

在雨中发出刺目的亮光

1980 圣地亚哥

柏克莱

早晨来时雾随着

酸涩的落叶气味

随你走过几条街道

有人疲倦地等候

F 公共汽车

越过一道桥

树柔软的肢体

扫过鸟儿的灵魂

点点鸟声撒网

向白茫茫背后

初生的太阳

纯洁赤裸的新的一日

把梦魇化为露珠

那午夜时站在斑马线旁

披一条毡子作狼号的黑人

那睡在破袋子旁

疲累的圣诞老人

还有钉在红绿灯上的耶稣

全都醒来

随着新一日蜘蛛爬行

瓜果散发甜蜜的清新

派发传票的小机车

格格驶过检查

你我芜乱出轨的梦

那个在房中浪笑一个晚上

来自古波斯的女子

那个离开了纽约画室

住在一盒颜彩中的女子

各自拨开眼中云雾

找寻白日的颜色

戴一顶绒帽子的诗人

又再走入地中海咖啡室

阅读昨日那杯嘉柏千奴

赤足在街头

那女子跳回昨夜被月亮吃去的音乐

抒婉的歌曲散入

街头来往的交通

有时柔软的身躯

轻易被汽车遮没

更多卖饰物的摊子

梦总是轻易变成物质

叫卖声中

雾浓了又散了

阳光混淆灰尘

雨又落下来了

木牌上斑斑的印渍

一个女子卖希腊千层饼

警察喝咖啡

学生夹着书本

沿着结节的树木走入灰楼

早晨阳光中年轻人打开摊子

卖彩虹和鳞光

一切昨日卖剩的花影

游客走过

杜兰街和电报街交界处

交到手中的传单

颜色随天气转变：

"这个腐朽的世界

需要不断的革命。"

那是一张中国人的脸孔么？

人们涌入百货公司

购买宵来梦中场景

圣诞老人的礼物

在节日后贱价抛售

昨夜穿插梦中的笛声

又在出入车丛

人丛如流水流过

在烈日下晒干

是一朵菊花旋转轮下

瑟瑟白瓣在妇人眉宇间作梦

老去的孩童

仍在罂粟间嬉戏

追随感觉和灵敏的手

追索身体的隐秘

在破旧的床单下在阁楼和车房

瑟缩在街头行乞

相拥的一双男女

女子回答过路人说：

"……因为我觉得

工作会带来地震。"

簪花的手张开

在岁月烘晒下焦黑了指甲

草丛中的自行车

仍闪亮白色水光

轮子已经生锈

肥胖的旧沙发

温馨的花布

撕烂了——褪色了

走过去，往日花童聚首的地方

店铺都关了门

一头老狗守着旧书铺

数不清的污黑的旧杂志

"现在情况不比以前了，"

花布包头的女子

坐在石阶上晒昨天的太阳：

"十年前不是这样的。"

电报街仍有颜色

在尘埃或地产公司前面

那人用力揉擦

手臂上不知何时纹上的一朵花

只有月亮知道

云雾深处的声音

众人奔跑

随着彩色花伞

追逐一场急雨

溅过女孩子头发

和婴孩的手臂

追踪午夜的笛声

在深夜路上徘徊

猛烈的爱情，颤栗的想望

呵，一直冲下沟渠，回旋激荡

在地下的水道里

发出呼喊

能惊醒地上每日买卖的城市么？

1980

我们带着许多东西旅行

我们带着许多东西旅行

我们带着

昨夜的记忆

走进今天的机舱

已经飞越了汪洋

小孩背囊上的时钟

指着香港的昨天

一个男人关上头顶的行李格

我看见透明胶袋盛着狮头

我听见舞狮的锣鼓

我们带着种种奇怪的东西前行

我们带着白天

来到黑夜

带着东方来到西方

带着自己

来到他人

带着你的香港照片

带着一瓶未喝完的酒

带着一段未分明的感情

带着暧昧国籍的护照

　　　　　　　不知如何的将来

突然来到新的关卡

回答突发的问题

　　　　　一只脚踏在新的边界上

沉重的过去让人无法举步

在空空的四壁之间

沉重的记忆令人无法抬头

细看窗外世界彩色的广告牌

我们带着许多东西旅行

在早晨带着白粥的味道

　　　　　　　喝一杯奇怪的绿色冷饮

带着另一双手的温暖

　　　　　　扶着冰冷的铁栏

带着一段未写完的信

　　　　　一个未说完的故事

一种要向人解释什么的心情

来到一个

　　　　　又一个

空的房间

我把沉重的行李搁在墙角

在窗旁看你拍摄的照片

那些旧街道既熟悉又陌生

翻开旧报纸寻找消息

香港是什么？

是一件沉重的行李？

我带着你的照片来到异地

我带着我的文字

来到你的照片

我在上边漫游

带着说不分明的感情

带着逐渐形成的观念

停驻在门边

打开房门

新的房间改变了旧的观念

当我提起笔来

那些旧日的街道

我们走得出去吗？

我在一个外国导演的镜头里

看见了中国的山河

我在荧幕的光影里

听见了一个香港的笑话

我在电传回去的信里

问起挤提和新建机场的争论

香港是什么？

是武打片的血腥？

是一个重复的笑话？

华埠的书店里尽是明星周刊

功夫电影的录像带

人们也带着这些东西旅行

茶楼里都是琐琐的广东话

点心比过去精致了

"香港人走到哪里都是一样！"

这是恭维还是批评？

我带着问候来见朋友的亲人

我说他近来气色很好

他的家庭美满一切正常

我望着异国的街景

我是在虚构一个香港吗？

你的照片重叠了其他照片

树影后的窗纱里

浴盆里有母亲和婴孩

少年躺在床上

四周围绕着单车和杂物

马里奥打开雪柜门

盘算该吃什么

              一个家是什么？

撒了一桌的砌图游戏

餐桌上的一盆烧牛肉

早晨里大家围坐读纽约时报？

桌上有昨宵留下的奶瓶和酒瓶

傍晚母亲和女儿相拥坐在沙发上

背后窗玻璃上有万圣节绿色的骷髅

我好像踏进

一个一个异国的家庭

翻过书页

　　　　我还是在外面

我们是在用照片

虚构一个一个家吗？

我想用眼前的景物

溶化旧日的想法

有时旧日

　　　　又要改变眼前的事物

在这暂时的住处搬动暂时的家具

陈旧的地毡

　　　　两盏相像的灯

不知怎的

　　　　就像欠了一幅编织

令事物变成一个家的种种

　　　　　　声音和颜色

华埠的街道上

老妇人背着沉重的行囊

移民家庭搬过来整个货柜的感情

我这样旅行

        也带着沉重的手稿

你拍了的照片

        和还没拍的照片

想有一个家

        没有一个安顿

都带着这么多东西

这是怀念

        这是诅咒

这是责任

        这是多余的重担

这是生命

        这是累赘

这是我们的快乐

        这是我们的悲哀

这是前行

这是后退

这里面有意义

        这里面尽是荒谬

这里面有许多东西

1990

在布莱希特故居

1

我很想知道：这杂乱的秩序
包括了什么，又有什么不在其中
能剧、孔子、马克思、阿嘉花克里丝蒂
我可以想象一个人从外面的世界回来
脱下帽子、放下手杖、在这四壁内
翻阅矛盾的书画，在朴素的小床假寐
一个普通的书房也可以包容比它广大的
事物：甚至没有漏掉邪恶的面具
你对异端没有洁癖，每天与它一起生活
对百千妖孽统统抱着静观的心情

2

厨具间安排了所有的道路和天空
黄铜的水壶、木的桌椅，还有
陶瓷杯碟，一切都是基本的
没有浮夸和奢华，没有多余的
饰物在温吞的油脂上，黠慧的食谱
叫人一不提防呛住了！辛辣，要命！
却又平易如同马铃薯、番茄和乳酪

芬芳与腥膻同时上场，不要人沉迷

盐和胡椒不押讨好的韵，瓶中红酒不是

谁的血，干活的手分开每日的面包

3

猝然踏上最后一个明亮的房间

玻璃窗旁丛丛盆栽灿烂地生长

显示了照顾的人，爱那绿叶的生活

从各地带回来，不同泥土造成的陶壶

挂在墙上，可以勺水、灌溉也洗涤

宽敞的桌子一定是工作的好地方

一定是朋友喝酒和谈天的好地方

屋外街道通向剧院、市集、不同的房子

手肘旁绿叶茂盛地生长，举杯不为乘风

而去，抬头笑对坟场里的青葱与苍郁

1990 柏林

布拉格的明信片

过了一段时间又收到你的明信片
知道你继续乘着火车又到处流浪
追寻苦涩的幽默，贫瘠里的奢华？
我可以想象你的样子，在萧邦公园
听中提琴演奏，支使人给你排队买香槟
你穿着什么？布拉格的花格绒帽？
戴起华沙的银手镯？你屡次说起
革命，好像一场荡气回肠的恋爱
你总是收集了那么多美丽而激烈的东西

回来就收到你这些明信片，真凑巧
当时我也在那地方，古老的世界
正步向市场经济，多元的政治
生活里充满各种各样的动荡和变化
也许我们在日中不同时间经过维撒斯广场
从查理斯桥不同的一端瞥见彼此的影子
河在中间流过——许多年前的一个晚上
我们曾经争辩不休，关于诗与政治，
尊严与自由，有共同的信仰但又更多分歧……

后来就一直没有机会再长谈了

只是不断收到你的明信片，从热闹的地方

听说你在雪夜飘泊，被无情的海关驱逐

实在令人忧虑，下一次你却在跳吉卜赛踢踏舞

在供应缺乏的餐厅吃美味的烧鸡还大喝啤酒

明信片总有新的风景，你却还是老样子：

不断勾引精壮的少年，迷恋老去的理想主义者

唉，老朋友了，我还能说什么？

我也知道明信片是不期待回答的

1990

木基督像

木在心脏的位置露出裂纹
从年月的缺口，郁热的
澎湃或严冬的退缩，固守
积聚了霉菌，流亡则阅尽
人间的偏执，还有兵戈的愚昧
不断试探，谁是最大的敌人

枝桠的生长经历忧虑
脸孔和四肢在历史的灾劫里
多方探索又失去自己
破散的纹理分出许多叙事
断续地自我反驳又向你游说
罪的救赎，善的可能

宗教的衣褶易在流传中定形
信仰的面目有时模糊而且残缺
虔诚观看者端详五官的细节
想进入更稳定的深心，可能吗？
是年轮、是剥落的树皮？
还是从木的本质里幻想出神奇？

倘若相信那从最简朴的棕色
木像的脸孔上也逐渐看见
包容的形象，复杂的反思
指向分歧，又指向更大的
和谐，但倘若你怀疑
那金箔也同样不能……

1991

后现代房子

在破旧的红砖墙上开一个新的窗口

可以望见天花板的脚步声，下水道里

鸟儿飞往远处：一道古罗马拱门

框住一扇绘画热狗和薯条的大墙

运河呢，是人工造出来，那鸭子大概也可以

我仍然希望相信人文的屋宇，但四时侵蚀

剥落亦复不少，如何可以有些什么东西

维系一切？前门破了、门铰松脱

客厅崇山峻岭各有各的走向

你在深谷里迷失，有时仰首看见瀑布每日的窗帘

一道巨大的拉链也无法把两边墙壁连起来

我不知道你想在这里面做什么

要超越？太高了，脚不着地

太热的时候不如开窗让外面的清风

和市声进来调整清高的心灵

没有炊烟，但有准时的电视剧和裸女广告

你说这吵闹破碎如何可以让朋友安坐谈天

做饭和工作、让孩子好好做功课？

在屋外流放的身心怎样在屋内找到安顿？

站在门槛边面对打乱了的里里外外不知怎办

四壁不再囚你裂缝和涂鸦成了今天的故事

我不相信高入云霄就是我们的庄严

各部分符合比例就可以建构痛苦的美学

但我也不愿意我们只是游戏

到处留情在所有门上都打上交叉

不能再安坐家中火炉旁细读晚报

但又是否随街喝骂才算好汉

一个人胸口的痛楚很难请另一个人安慰

男男女女被屋外的引诱放弃了台灯

失忆的人突然发现了自己做过种种奇怪的事情

背弃了别人又再背弃自己

我们也希望和谐却被迫去

面对破碎，壁柜里燃起战火粉碎了庭院

断续的枪声从浴室传来镜子破了

重圆又半蚀你看不见自己的脸孔怎样变化

难民潮涌往邻家我听见他咆哮

说践踏了他的花园吃光了他的储粮

海鸥和燕子变成了人质动不动又会弃尸

汪洋大海这一切到底是什么回事谁来迫使

我们毁灭我们建设我们安顿又再抛弃

没有梁木庄重的圆顶只有许多变幻的空间

1991

异乡的早晨

云层汹涌地向这边卷过来
好似显示天空深处更大的变幻
展现在广阔的水面上，掩去黎明的颜色
黑压压的云里有许多挥舞的手势
要把天地重新安排
翻开沉聚多年的抑郁
里面尽是无声而雄辩的言语

一下子，一切模糊了
灰色的豪雨泯灭了边界，天变了
怎样分辨凶悍与温柔？恐惧或是安慰？
荒芜的心中只见白蛇一样的闪电
从最高处窜下深渊
四周都是一片同样的颜色
模糊了，不知是在故土还是异乡
房间里来自各处的中国人聚首，仿如
隔世的言语说出来变了意义
变化的天气隔绝了
昨天众人创出的那个今天
怎样去说今天的故事呢？

不一样了，携来的中心失去了
相对的边缘，沉重的行囊
变得难以言说的轻。忆念
变成碎片，混杂了不同口音的怨曲
围绕着从迷雾中显现的高塔

我从豪雨中醒来，看见变化的天地
迷蒙中似有逝去的人在向我说话
又再隐入雾中。想起我们认识的人
散落在各处，经历暴雨凌虐
默默看雨后檐滴，破碎的话噙在嘴角
混杂在别的声音中学说成新的话语
澄蓝的天空中，撕裂了的片片白云
散落在异国的高楼旁边

1991 芝加哥

家用器皿

一张先人留下的椅子

让你一日工作之余坐下休息

你抬着它到处去

与族人围成一圈喝酒

一个葫芦瓜造的杯子

盛着梅子造的酒

醉了就有一截树枝造的枕头

托着你的脑袋

让你安然进入梦乡

大的匙羹用来煮菜

小的匙羹用来喝汤

搅拌烫热的食物

在冬天令我们温暖

烟斗有人体的形状

烟丝在身体里燃烧丝丝鸣叫

喷出的烟圈凝成想象的头颅

芳香飘扬在营帐里

她从头上卸下木梳

熨贴着她的头发的木梳

上面有绺绺缠绵

摩挲一个葫芦瓜
逐渐在时间里发出光泽
爱抚一截树干
直至那里露出野兽的嘴巴和四肢
吮干净骨头洗刷又晒干
线绞着线编成绳子，石头敲凿
石头，直至它们有心想的样貌
就是这双手捡拾浑噩的材料给予形式
经营家用的器皿承载了家里的人

1991 冬季在华盛顿博物馆看非洲民俗用品展览有感

120

地图

我们老在读地图
想从里面读出一个世界来
我抚摸山脉和河流的颜色
手沿着边界的虚线游走
直至我踏足一片土地
抬起头来，才发觉迷路了
两点间的实际距离
往往比想像中更近也更远

在有些地方我们经过重重关卡
但我从布鲁塞尔坐车北上
轻易就到了阿姆斯特丹的街头
后来又南下过了法国边境去看戏
临离开那天我在安特卫普遇见两位同行
旁边有人提醒我，用 Flemish 写作
和用 Dutch 写作是不同的，比利时作品
在阿姆斯特丹和在巴黎出版会有不同意义
地图其实也在不断改变
随了虚线的移动，海岸的填充
我们看得见时日累积的风俗

听得见语言微妙的变化吗？

我们怎样才学会去尊重

一片广阔的大地上那些细微的不同？

临离开那个晚上，我说

我来的地方，用中文写作

跟中国大陆和中国台湾用中文写作

也有许多不同，这些地方

逐渐形成了不同的生活方式

有不同的意愿，彼此关心

但也有许多一时无法消解的矛盾……

在一杯啤酒和另一杯啤酒之间

我尝试把地图上没说明的事情告诉大家

1994

柏林初雪

醒来就发觉开始下雪了
对街有了一个白色的屋顶
街角有零星的白色
守候着
我望着我寄居的窗外——
从最初满窗的绿叶
逐渐转变黄棕的颜色
到一片特别明亮的天空
枝头一下子落光了叶子——
真的，也来了许久了

天井对面还有帷幕深垂的房间
但我想我已了解冬天的秘密
偶然远风送来虫蝶尸骸的甜味
我已没有夏天的胃口
深夜有人自雪地瑟缩归来
迎着歪斜的白色路灯寻路
不顾嘿嘿怪笑，踩出自己的脚印
无尽头的白色的路上
开走的汽车留下一幅黑色印迹

没多久，又被白色涂没

那白色是覆在落尽叶子的窗外吗？
还是在我身上？
偶然烟突上一缕白烟
偶然来往的车辆闪过
疏落的林木
伸向更辽廓的天空
满眼白茫茫中
独飞的黑鸟飞过
不肯轻易栖息光秃的枝头
且待看早晨的阳光再与阴影嬉戏

1998

科隆的罗马教堂

我不如带你去看那些小小的罗马教堂
你说，若看厌了大教堂巍峨的尖塔
何妨一起走下科隆里弄人家的石板小巷

走过市集的热闹，废墟旁有平和的土黄
仿佛闭上了厚厚的烫金经匣
从口袋里掏出新诗手稿，那些小小教堂

安谧的空间，雕石残损的高艺拱出苍穹
庇护着众生，不似孤高巍峨的尖塔
却在毁建中扩展把人间的疾苦纳入胸膛

在前面有宽敞的大堂让我们坐下来静思
不是烫金的经匣犹如尖塔的崇拜的祭坛
在祭坛后面还有围坐生活的空间可以自如

你指给我看圆顶呼应着心的圆顶，三道穹弦
像某些内在的力量驱使突破阻挠的黑暗
涌向呼应宇宙中其他破损落泊的三道穹弦

像提灯人照亮角落里多个世纪前无名艺人留下的手
艺
若没有你的细读诗也只能长在人们的漠视里凋零
你带我进入，擦亮砖石旁的黑暗，抹净尘凝的虚想
细读一字一辞，看它们如何凝聚了众人的生活与信
仰

1998，Köln

谁要是轻易遗忘……

天鹅离群独自游弋，却总还是
在河流之中，我听着水的声音
我知道我不会忘记，我回答你：
初降的雪，可会扭曲过去所有的
雪的面貌，为了突出自己？
总有人不知道一面旧墙的秘密
屋顶那古老的吊臂，原是藏酒窖的
一部分，河边小船，与向阳山坡上
夏天一列列茂密的葡萄树互相呼应

我好似知道了事物隐秘的联系
当我沿着河，来到这冬天的早晨
从围绕的棚架和帐篷背后
认识了你的尖塔，知道你
还是想象你？买卖的商店
遮起圣灵的空间，旧红塔边
有新漆土红墙。踢足的圣婴前
总仿佛听见市里营营的风俗
你知道吗？我并不怎么喜欢刺目的新颜
但你告诉我时间会令他们收敛

知道日子的辛酸，将来那些色彩
也许就逐渐成长去体会其他颜色
曾经一度陷落的城市，知道街道
被轰炸熔化的滋味，不会那么轻浮
没有那么容易把明天挥霍
妇人们把日常的针线手艺和糖果
放在市集里的摊子上摆卖
原是为了筹钱重建她们的教堂

住在城堡里权重一时的大主教
跟你平民拥有同样名字的
一座教堂，现在我走入拱门
看见过去的城堡
悬着今晨的冰柱
那些杀敌的陷阱仍然虚待在头顶
古堡迷宫的通道里迂回埋藏着
权力和阴谋，好似无门的囚塔
是谁陷在内里永远走不出来？

我愿你从井底潜逃，回到美茵河
我愿长在阳光下的河岸走路
听水的声音，不要把它切断
变成淤塞的河道，在时日中遗忘世界
竖起庞大自我城堡容不下其他人影

我愿你从墙的围绕中找出

一个出口，走回千百年的山坡上

看见满山伸展着枝桠的葡萄树

一株连一株，去到无穷尽的远方

1998，Würzburg

在金船饼屋避雨

雨在我们的谈话中开始
像我们的谈话一样无可避免
店内的葡萄牙人在喝酒
背后是远渡重洋而来的——
那真曾是一艘金黄的船？
现在凝止成为一块招牌

坐在店前我们懒洋洋看着
满天的雨水泻下来泻下来
而我们无可避免被困在
小巷水潭惨绿的反光里
桌椅覆转等待打烊吧狗儿也
散了吧小馆盛宴接近尾声了

他们都去了新口岸的食店
也许谈公事也许拜新的观音
我们这几个无可救药的
怀旧的人留连在老店前
你说这儿不久前曾发生枪战
一切未如理想这儿也不幸免

你从热带远道而来的也曾埋怨
善心总觉没法改变冰冷的世界
你要离去，葡籍摄影师倒说留下
无可避免我的朋友也要离去了
这么多的船舶来往世界的海洋
希望大家找到自己的雨雪和太阳

无可避免更多刻板的高楼建起来
困处小巷看着各自关门的小铺
我们也知道陌巷未发展成一块
安居的地方，但我们会记得
我们曾在此地聚首喝一杯酒
尝试帮助彼此解开生活的忧愁

1999 澳门

柏林的鬼屋

房子里有鬼，楼下女人告诉我
听见楼梯上脚步的声响
我却并不害怕，我记得
他的脸容如何逐渐变为奇异

那些过去回来寻见我们
镜中压扁的扭曲形象，不见得
要伤害谁，竭力向你说话
是想你终于明白他的冤枉

城市里曾有秘密的隧道
冬天的哨岗，不容易
被挥舞的吊臂所抹平
我们欲望商场下一个异乡的

自己回来敲门，他有我们
认识又不认识的眼神——
还在那儿吗？是我写下的文字
突然变成无法辨识的符号

我们自己制造的魅魑回来
纠缠我们，无法接受今日的
情爱。过去模糊记忆的颓垣
在城市幢幢阴影里低唤我们

每个早晨从窗子拥抱老伤疤？
抑或看时新大街上旧房子拆得
不留痕迹？怎从废墟里翻新？
我们将要学习如何与鬼魂相处

2000 重访柏林

莱茵河畔的兵马俑

原以为你们会在莱茵河畔
在微雨中肃穆地排开站岗
放逐到边界戍守的寂寞士兵
怀念远方家乡妻子的臂弯

今日我来这儿寻找你们
却寻见了绘画龙凤的旗帜
众生挤在湖畔公园帐篷里
梦想重塑一个千年的墓穴

你似在沉思，你收敛了笑容
许是把愤怒或激昂转化
成一点淡淡的凝重
你的执着成了黏肉的盔甲

葬入深远的历史又再挖掘出来
不能说没有各自的神貌
但是在异乡观看的眼中
怕都只是没什么表情的中国人吧？

由于帝王的野心，由于他恐惧

寂寞，把你们凝止在这样一个空间里
埋入泥土，你可更认识空气
在墓穴里，你可更清楚聆听海洋？

金发女子目光来回的扫视下
你的左臂粉碎了，你不理解
温柔的战略，那些婉转的言词
礼貌的周旋里你显得何等笨拙

没有语言能够叙述这些扭曲，难道可以
夸耀你经历的历史比别人更加血腥
说你有更多的饥荒与灾祸，你的帝王
比别人埋葬更多儒士和书本？

远古的赤泥塑成待价而沽的玩偶
连魅魉带回家去。在佳酿的异乡河畔
你会突然策动一场血腥的叛变吗？
僵持的手有日会把刺刀戮向谁的心脏？

从河边吹来的和风
可会熨贴你重重挫折的胸怀？
心中陵墓重门扣藏的千年暴戾
可会有一日在阳光下融化？

2001

沙可慈诗钞

村子

修道院，为什么有九个日晷仪？
为什么村里的教堂供奉贞德？
原谅初访者愚笨的问题，我们失去了方向
嗅着薰衣草的气味，尝着
不同花草酿成的蜜糖，迷醉了
追寻的目光随着壁画里的手势向上
诱惑的胴体摆出不同姿势
参差的石阶在脚下令人绊倒
当嘈吵的声音没有了，你听到鸟儿的歌声
懂鸟语的人，你要给我们解释鸟儿的话吗？
是天上的话语还是人间的聒噪？
沿每条小路弯弯曲曲的走，往下走到尽头
从阴暗的角落折回来，在没有路的
隙缝里，瞥见阳光照着一幅新地

是幻象吗？沿着卵石的新路摸索前行
结果又回到原来老屋的路口
寻得了又得放弃，放弃了又再开始

村子里这么多纵横交错的路
结果都是通往山上的修道院吗？

2005

做饼

今天是哪位圣人的节日？
整个村子的人来到修道院
大家一起做饼

她们从花园采摘成筐的叶子
倒出来，切成碎片
他开始搓一团面粉，加上盐

他在搓好的面粉上加上
乳酪、橄榄油和鸡蛋
她把青绿的叶子切成一丝一丝

大家把切碎的叶子放到面粉上
搓面粉，折好，捏边，压扁
放到岩板上烘烧

大家一起做饼：来自村子里的

一家人：开店的、教书的

小孩子，还有老去的嬉皮士

岩板上的饼烧好了

大家分来吃——唔，真美味！

吃过了第一轮，再搓面粉

再从花园里采来新的叶子

这是谁的节日？

这是花园的节日

2005 沙可慈修道院

记花园的节日 rendez-vous aux jardins

随玛莉到花园去

随玛莉到花园去

摘薄荷叶子炒蛋

有各种不同的薄荷叶子

有些有更深的颜色更浓的味道

从这一株到那一株

挑大片的叶子来采摘

这是罗勒，这是

小小的洋葱

这是特别小的红萝卜

成长时都挤在一起

我们挑特别小的红萝卜

摘去一些

留一些空间让大家生长

把葱切成小小的环圈

让针叶保持它的尖刺

浓密的叶子展示它的肌理

萝卜有白色的脸庞

全捞进新鲜的鸡蛋里

身上穿着非洲的花布

是在罗马拍戏剩下的衣料

曾经在洛杉矶念电影

虚度的年月找不到要找的东西

在新德里的电影中旅行

能摹仿歌舞片女角流转的眉眼

低头在长廊一角看书

你一心想要写个好故事

我看见你走进花园
不时弯下身去
跟不同的叶子打招呼

2006

梅子的歌唱

一边唱歌
一边烧菜的女子
在平淡的萝卜旁边
加进了甜甜的梅子

准备写的小说
有十六个人物
一个大家庭的团聚
各人有自己的猜测

喜欢做饭
寻找内心平衡
煮菜没预先计划

一直任它自然变化

短促的句子
奔跑得喘不过气
独特的节奏
要你不得不追随

金钱和事业
女子的抉择
偶然怀念巴黎的男友
更要有自己写作的房间

实验各种叙事方法
反叛庸俗的情节安排
甜甜的梅子
在白饭旁边展露顽皮的笑

2006

山雨

尚杰克的手左右挥动
摹仿枝桠在风中摇摆的姿势

仿佛他在指挥一幕演奏

暴风雨终于上场

汽车在山谷间穿行

高耸群山暗暗藏起魔术

巨大的岩石瞄准我们

随时狂风暴雨给我们考验

我是触礁的旅客冲抵奇异岛上

目睹了精灵与大自然的神奇？

我是老去的普斯佩罗

放弃了权力，最后也放弃了魔术

接受众生的面貌且学习宽恕？

尚杰克把我送到修道院下面的斜坡

"赶快，趁暴雨降临之前"

我喘着气跑上斜坡

跟我们发动的

蠢蠢欲降的雨水比赛

2006

安文在山上看书

那头黑色的是什么东西？
好大的蜘蛛！还有甲虫
苍蝇又来骚扰我！

你快帮我把它赶走
蝴蝶以为我是花朵飞来采蜜
那边草丛里好似在动的
是什么东西？

换一块地方
这儿有更好的树荫
那边重重叠叠
有六个山头
低头看书
有时忍不住笑出声来

日影渐移
云块遮荫令我们有更凉快的时光
风吹来了
看书的年轻人附和了蝴蝶的飞舞

左右摇摆身体

轻快地挥动满头乱发

还摹仿不知名的动物

发出呀呀的啸叫

2008 沙可慈修道院

敦煌弃宅

这原来打算成为一个怎样的空间？
是一所肉坊吗？有屠夫肩扛着
屠宰的肉走过大杂院
又或者是一所酒肆？闹哄哄
行酒令的人忙于彼此相斗
不管慵懒的伎乐荒腔走板
又或者是一所瓦舍？
来时瓦合，去时瓦散
人世间不定的居所就是这样了
又抑或是粗布围隔的勾栏
演绎百戏的场面，但知不过是
心造的声色，虚幻的情意罢了！

一个空间，可以变成
医坊，也可以变成
赌博场？也可以是
细弱的基础负担不起
庞大的野心，可以是
未成形就已丢弃了

原可以是庇护三千的广厦？
从一块怎样的土地上开始
最后变成怎样的一番样貌？

2012

罗马尼亚的早晨

在院子里吃早餐
一片叶子落下来
外面街上一个小孩子走过
一个中年男子骑着自行车转回来

一位爱斯尼亚老学者
说他花了许多年时间
翻译那没人注意的
十七世纪西班牙戏剧：
《人生如梦》

一位芬兰诗人
告诉我他年青时
流浪在印度
去寻找心中的诗
他的脸孔和他的 T-shirt 仍在反叛这个世界

一个年轻的女孩
仿佛刚走出大门
看见外面的世界

阳光很好，有点风
想着自己
和自已以外的世界
忍不住笑了

2011 初稿
2012 修订

在大地上寻找居所

可以生活和工作的家
……
不仅是可以托庇的树荫
还望有随意舒展的天空

《大地上的居所》·1990

墙的故事

墙倒下了

我们看得更清楚吗？

守卫用警犬和手枪守护墙

约翰和马丽藏在车厢里越过墙

汉斯用折梯攀过墙

彼德用翅膀飞越墙

罗拔在穿墙的时候永远卡死在那里了

政治家用修辞演说墙

画家给墙作死后的化妆

墙倒下了

我们看得更清楚吗？

路旁的摊子在出售墙

凿成碎片作锁匙扣的是墙

游客们用锤和凿去敲剩下的墙

人们在墙前拍照站成一扇墙

有一个热闹的演唱会演唱墙

香烟广告从地面生长攀过了墙

过来了流浪的人群过去了花花公子

我们带着我们的墙走过墙

1990

威廉大帝的破教堂

一头鸟儿从教堂缺口飞起

　　　　　　　　没入白云里去了

在人丛间徘徊终于在树下坐下来

　　　　　　　　　还有微风吹拂

那辆黄色机车开过来做什么？

　　　　　　　　　　要修剪树木？

不，那汉子旋下路灯的罩子

　　　　　　　　大概是要换灯泡吧

广场上有人喝啤酒吃雪糕

　　　　　　在热闹的公侯大道晒太阳

漂亮的短裙女子走过

　　　　　　瘦削的身躯背着巨大的背囊

听——是教堂的钟声吗？

　　　　　　　不，比较像救火车喇叭

美丽的教堂

　　　　　在战时被盟军的飞机炸毁了

时髦的消费区里游客指指点点

　　　　　　稻麦的黄墙上秃露的砖头

在里面轰炸后幸存的金色雕像

　　　　　　　　一尊方脸的基督

悬在那里张开双手

        无言地俯视苍生

那不是冷漠也不是善感

        有点明白但又无可奈何

带着慈悲但也还是老老实实地

        吊在一所炸毁了的教堂里

看世界正在变动

        新从墙那边涌过来不同的人群

提着行李的、摆地摊叫卖旧衣饰物的

        推着婴儿车的、占卜的

嗖一声玩滑板的滑过去

        醉汉就这样睡倒在地上

一个本来蛮好看但鼻子上

        贴了一块大胶布的姑娘

一个摆出战斗格的阿崩

        还有穿梭在广场人群间

穿着优美但肮脏花布衣裙的

        罗马尼亚人——是罗马尼亚人吗？

从一个崩解的世界流散出来

        从一株树到另一株树

向人乞取零钱

        跟着不知要流浪到哪儿去

黄色机车上的汉子一直就在

        我们身旁，看着这一切

原来他也有一张那样的

        方形脸孔，但他也没有办法

只能一盏一盏地给这儿的路灯

        换上一个一个

较亮的灯泡

1990

大地上的居所

在大地上寻找居所
可以生活和工作的家
人们来到围墙旁边
停下来，向远方眺望
不仅是可以托庇的树荫
还望有随意舒展的天空

眨着疲累的眼睛
望向远方的汪洋
一个梦碎了又好像有新的梦
遗忘的洪水上往往翻起历史的碎屑
在剧场里人们逐渐围拢，谈起
新的剧本：改变原来的情节
墙上没有偷听的耳朵
没有人需要压低声音、扭曲
自然生长的身体
望向地平线的那边
伤心的眼泪聚成更深的海水
浪花碎散在远处掀起波澜
受了伤的会得到治疗吗？

冤枉的会得到裁决
心会找到安顿的所在
地下室里的眼睛再看见天空？

在寂静里听见水流的声音
淤积的沟渠疏通又再流动
在一处受的委曲真的可以在另一处舒展？
是什么节日令人想起往历史里寻找？
不仅是一个家是许多许多个家
椅子端出门外拆下一道道篱笆

1990

雨后的欧洲

暴雨中我躲入教堂,肃穆的气氛里有人在沉思,有人在工作。你在这里多少年了?经历了多少战乱与和平、多少起义与镇压?流离的民族长途跋涉可曾在这儿得到庇护?乞求的可得到布施?伤口可得到料理?

我在阴冷里打寒颤。你好似没听到我的祈祷。你的四壁也斑驳了,古老的叙事变成了浮饰,斑斓的玻璃在光影的播弄下幻变出诡异的历史的偶然与必然。

外面雨下个没停。在动物骨骼砌成的废墟里,在伤疤累累的地图上,在半拆和新建的墙中间,在海藻缠绵芜杂的潜意识中相遇,我参观了一场又一场因歧见而生的炮火,由偏见而来的屠杀。

我抹去颈上的雨水,想找个位置好好坐下来休息一会。阴冷的气氛的确适合沉思。可你也觉疲累了?你没有回答我,也许你听不见,吸尘机的声音太响了,你正忙于每日早晨勤劳的打扫。

1991

奥斯维兹集中营旧址

在这些房子里找到
刻在墙上的名字
你迟疑地踏进门坎
室内仿佛比外面的雪地更冷

是谁要收集这些物质？
数不清地堆叠在众人眼前：
皮箱不再用来盛载衣服
衣服不再用来蔽体保暖
篮子不再用来盛菜
木棒不再用来搓面粉
烤出芳香的面包

无数副眼镜
瞪视着眼前的玻璃
无数个刮胡子用的小帚
空竖着带刺的胡楂子
无数的鞋子交叠
无数的足踝走不出这个迷宫

应该有燃点的烛光

给亡灵予安慰?

应该有一双更大的手

承载着委屈的残骸?

喻示经过灾劫

会找到新生的意义?

我只看见空洞的镜片

瞪视着一个无影的空间

1992

华沙军事博物馆

白茫茫一片
　　　　　阴冷的黄昏里
英雄塑像的面目
　　　　　　模糊了
混淆了
　　　棕黑的枝桠
　　　　　　　颓败的墙垣
粗笨的高射炮
　　　　　　指着比它广大的天空
坦克战车
　　　　哑默了
　　　　　　　永远抛锚
残缺的引擎
　　　　　　疲倦了
野心的记忆
　　　　　　搁浅在无名地界
瞭望镜日趋昏盲
　　　　　　　刀锋愈见钝拙
每天总是太早亮起的灯
　　　　　　　　来得太快的傍晚

灰白天色里

　　　　笨重臃肿的黑色机器

　　　　　　　　瘫痪在无尽的白色雪地上

融化成

　　　疏落的枯草

　　　　　　脆弱的枯枝

1992

莱顿的中国现代诗会

我沿着灯光前行，看见运河
水面长出了美丽的皱纹
夜晚突然转凉了，来开会的人
来自不同的地方，大概已陆续抵达
小城的某处，各自在不同的路口
发现一些隐秘的符志，跟随里巷
转折，来赴一个神秘的约会

白天一整天我们在路上胡扯
够了，不要再谈闰八月的预言
香港的选举或是有关飞弹的传闻
大事的言谈到此为止吧
路旁那些摇摇晃晃踏过草地
捍卫着阵地随时发出嘎嘎声音
大诗人一般的肥鹅也早已安寝了吧
我独自在灯下翻开一本书
那从异地的图书馆里找到的
在神龛与秘戏的中国之外
朴素的书页……在那最初的
带雪的朝早，当一切好似还未

分割成那么多菱锐而琐细的碎片
当书还未毁掉，人未老去
好似有人在清晨的空气中远眺
有一片广远而未分割的视野

眼前飞蛾寄寓在不同的灯上
几近满足，避开那空洞眩目的深渊
那些森然的历史岩巉的洞穴
我看见我们从书本中抬起头来
隐约感到有另一辆飞机飞过
螺旋桨搅动身旁白色的气层
好似有战火，有暴烈的嘶喊
我们低头，读到一个永远残缺的文本

破碎的字语，我们这样由来已久
将要相遇，雪花那样飘过脆薄的面孔
互相取消彼此，抹得不留痕迹
只剩下一个无色的白色世界？
还是从不完整的笔顺开始比划，不同的乡音
互相争辩开花的季节，苹果补充橘子，
从多年谣言淹盖底下听出一点消息？

没想到异国的天气一下子变暖了
叫我意外，你，德国的朋友

提起一些我遗忘了的句子和感情
你，荷兰的朋友，在运河旁边
一所小店里，喝着咖啡和酒
与我讨论一种宽松的韵脚，一种
更包容的诗艺，阳光普照的午后
我抬头望出窗外，只见运河的水流
通向另一道水流，一直流到远远的地方

1995

莲叶

当我们沉默，那里仍充满声音
各自忍耐季节的灰尘
一面倾听，舒开的时候
可以感知远方水的颜色

《莲叶》·1983

连叶

偶然来到这莲田

沿一块旧木板走入叶丛

静默摩擦静默发出声音

这是奇妙的，绿色

回答绿色，相遇在这世界的早晨

风吹开那边闭合的脸

牵动我这儿卷曲的叶缘

我们将会接触

开始笨拙地解释

叶上言语所能照明的脉络

是我们仅有的世界

早晨逐渐浑圆的新露

令我静止，我的沉默

又感染另一块叶，同样承担

一只昆虫栖停的重量

偶然相遇在这世界并排可却

没有刻意安排拘谨的韵脚

我们发出同样的声音又失去彼此

在风中互相试探还不如

自然探首，意义会逐渐浮现的

丛丛叶上的霜雪仍然令我沉重

长自同样浅窄的水中

努力直立以一枝中空的绿梗

伸向一个更真实的空间

我知我们不能离开这世界的

言语，但也不是要附和它

当我们沉默，那里仍充满声音

各自忍耐季节的灰尘

一面倾听，舒开的时候

可以感知远方水的颜色

1983 夏

冕叶

莲已是陈言，若果
我们不能找到自己的
种子，开出新的花。
指着这颤动的微红的尖端，你说
这是芙蕖，你说这是菡萏
叫它许多好听的名字
美丽而辉煌的名字
跟我没有关系，美丽而辉煌
又有什么意义呢？

相信长远的等待可以听见
花叶的呼息，我沉重而笨拙
受挫于泥泞。你轻忽飘过水面
摇落昨日的花瓣，便又是一张新洁的脸
在一个公开的世界，众人的传播之间。
我的枝叶也有人间的喧哗，却是
重浊、迟缓、纠缠于私人的噩梦和
黎明险狠的水流，根须夹杂
淤积，总是说不分明的……

不等我说完，你不耐烦地转向

他人注视的目光，那些习惯认可的修辞

我想我的话到头来终会落空，不能令你

放弃划定的方圆，实在感觉冷暖

你若是站在堂皇的那一边

自会以我的没有装饰为褴褛了。

我终于也沉默下来，只是仰望远山

看一脉一脉的淡蓝和灰绿

汹涌而来，撞破对称的秩序

1983 夏

怜叶

并没有枯萎
只是被一个炎夏的声音
弄得酸涩反复罢了

那渐多渐多的斑点
是微红还是枯褐
满布在宽阔的叶上？
点点灰尘和点点淤渍
柔和的弧线干了成为粗硬的骨骼
纵横护着心中一点青绿

好意的雨露被隔开了
琐碎的蛛网和水剪刀的足踝
更接近了
不随便对蜻蜓和苍蝇
舒展自己
连风的呼唤也觉得是冒犯了
卷起泥棕的脉络
静立在水上
隐约有自己的清香

1983 夏

年叶
——题骆笑平新年画

神荼和郁垒守着大门
大家都显得过分严肃
说的尽是吉祥的话，把莲和笙连在一起
把莲和鲤连在一起，画的尽是同样的花

可是你的颜色常常想要越过界线
外面去，把对称的地方弄得
不那么对称，跨过这新旧两年的边界
让我们任狮童拿着不同的玩具进门

你低下头绘画，记得那些古老然而
美丽的绣花裹兜，民间匠人的心思
莲花开在金鱼头上，公鸡啄破娃娃的虎头鞋

抹抹去年的杯盘，你把年糕放在桌上
然而除了佛手和荸荠，你也想象应该有
新的果子，你给的每颗葡萄染上不同的颜色

1985

辨叶

田田的莲叶里有不同的品种
我们站在池边谈天，你伸出手
划过层层俯伏的绿叶，指向
擎起浑圆珍珠的天鹅绒宝托
仿佛皇者睥睨底下深浅的青青
你说想不到路过还有可看的风景

最怀念伦敦灰蒙蒙的黄昏，你回想
喝着浓烈的红茶，对着冷清的壁炉
闲话老书店那儿有韵味的阴沉，珍贵
而又微微发霉的书香……我点头聆听

去日和今朝的事一时不知如何细说
这时风吹叶丛，沙沙的声音仿如学童
强诵异国的生字，驳杂的言语说不清楚
高枝晃荡，下面的苍生勉力把它拱起

1986

恋叶

早晨在这澄澈的池塘

当她俯首饮水满足口渴的欲望

心里又滋长出另一种欲望

那就像海草的摇荡，鱼鳃的开闭

那不是树丛中露出的肩膀，破碎的

眉眼，那是一个完整的人形

她喜欢看见，看见她看见的意象

看见她，在我们之间

只隔着薄薄一层池水，她说

眼睛露出异样的光泽，脸上

泛出红晕，说话的声音温柔了

像喝醉了酒，她作出不寻常的举动

不知为什么转动身子，举手

抚摩柳丝的头发，跟随一片落叶

摇着头，或者款摆腰肢舒伸

自己，看着如镜的池水看她舒伸

读那迎上来的手，仿佛可亲的符号

伸手解开它，突然的接触却令形象

破碎，一次又一次惊讶，看见

然后又看不见，雷霆和闪电

还有烈风连根拔起的痛楚

一次拼合、一次撕裂，总是藕断

丝连，耐心的等待中水波成圆

镜子总是会再添加甚么

又删减了什么？她逐渐变得安静

而且稳定下来，隐秘的重量

变成累累的果子，看不见了

沉重而丰富她敞开脸庞

在凝视的欲望和水的深度之间

风吹过生成了涟涟的文字

1986

涟叶

我们过去一直赞美稳定的事物
你出现在水池内，却不断向外翻出
波澜，随霞光和暮色幻化片片新像
从边缘荡起一组粼光，改变了
满池闪烁的编织，拆散了再重组
另外一种秩序，我的根叶感觉回旋
细密地流走，遍体隐约的鱼吻
动荡中想攀援总抓不住固定的中心
可以停泊，无法不离开泥土的安全
翻动内心的淤积感应微风带起浪涛

溢出水池的圆周？不，不尽是如此
在日夜的变换中我可以逐渐感觉
你也有固体的恐惧，那内在黑暗的
差池，你来复的游移嗤笑我的固执
当我迎风张望，你又担心我的叶脉
翻出你不熟悉的新纹，幽幽地说
也许波光里并没有恒久的事物
我俯下身去覆盖你，我嶙峋的影子

溶入你的涟漪，在变幻的晨昏里

在微凉中以彼此的哆嗦取暖

1986

染叶

茶太苦了，我捞起茶包随手放在旁边的
餐巾上。再低头时，只见白色的雪地
缓缓渗染了一片棕色叶子，逐渐扩大
像一个无可阻挡的黄昏，像流泻的音乐
和灯色，逐渐淹没窗外眼睛可见的冬天

再没法还原为一张白纸了，自从写下字
寄出去，压敛成为岩层，撕裂成为
山丘，更破碎也更丰富，寄出的信
走过迂回的小巷寻找地址，信上的字
画画的人把它颠倒在镜上，跳舞的人

把它反映在墙上，染满了剥落和花影
收到时不再是原来的字了，自由飘浮
在一片水上，沾满了波光的动荡和激涴
是瓶中的稿给你拾起，当你徐徐展读
我不免带着在场的尴尬，不知如何期待

你凝视前面，不知在想什么，垂下头
又抬起来，好像笑过也好像哭过

好像不明纸纹纵横又像懂得茶的苦涩

手搁在驾驶盘上，眼看前边又似回顾

仿佛带着我的心情，你默默地离去

1986

炼叶

停车场旁边银树上，我这街头路灯
照见你苍白的光影，湿冷而暧昧
是随傍晚逐渐明亮起来的铝质抒情
附和大厦的疲倦有时又游离它
永远空虚的一截距离不知如何填补

不知如何跨越，有时想把你燃亮
好让你能感觉，不，我不是要
伤害你，只是想把那团漆黑的委屈
化作光明，不知如何可以令金属熔化
死去重生，不再习惯地随车流晃动

你冷柔的反映，常常笑徒劳的街灯
有局限亦不能璀璨，你已倦于颜色
曾经炽红的在刹那冷凝中嘶叫无泪
只尽冒白烟，与其凄凄戚戚不如赏玩
糜烂的光影，空幻里不会有痛楚纠缠

不知如何安慰，这不完全明亮的路灯
不过想烘干你身上的雨，陪你度过

湿冷的黄昏，不是要把彼此灼成伤疤

只是想陪你说话，肯定你当初喜爱光

并没有错，黑暗暴戾的街头我照见你

1987

邻叶

几乎相似的纹理，你有另外的色彩
烽烟四起那年，亲人托庇在你荫下
先人多年前也许同样饮过阿婆井的水
从主教山瞭望远洋而来的高舷大船
鼓动波涛令本地渔民的舟楫摆荡不止
总有海盗觊觎从佛山运往南洋的
丝绸和陶瓷，有失意的义士南下
有传教士东来，异域的目光穿过我们

把我们钉在植莲的版图上，绘限我们的身份
黑暗的伤戮并非我们的追求，艳红的花朵
岂只是俗色霓虹？个人意欲舒长宽大的叶子
超越历史晃荡的池水？也曾有异国诗人长卧
烟榻上做梦，政革家在深夜闭门奋笔直书
烟雾萦绕成致癌尘网，种种营生纵横纠缠
扭伤的根叶底下未知可否寻回疗心的莲子
带着各自残缺的历史，我们会长出怎样的新蕊？

1998 十二月澳门

望叶

隔着大洋相望
你看我是红色灯笼
我看你是疑真疑幻的金叶?

我这里的白昼很长
你那边却变短了
我在莲叶乘载的白云上想你的星光

光映照时乱了脸色
荷花想要说话
你在那边听见吗?

洗濯的菜左右摇晃
河水汤汤从我手指流过
从黄河流域望向幼发拉底河流域

潺潺水声中听到你的消息
西洋的兵舰大炮打进来了
你家的白杨树映到了我家堂前

拆去我的池塘换上你的建筑

巨大阴影里我们的脸孔失去颜色

蝉也失去了声音

我的种籽飘流到天涯

在阴郁的角落发芽

开出奇怪的花朵

天淡淡水溶溶

走了许久还未找到对方

相隔丛丛荷花，路通还是不通？

1999

净叶

需要一点时间来明白历史
北美的桧木刚穿上褐色唐袍
安静的呼吸里，干燥的皮肤
小小的破裂。东洋铸的佛像
坐上自己的位置，安顿下来

失传的矿物颜料从外域回归
轻描淡染，隐现的容颜乐见
仿古的老家具。伧俗高楼压背
打开前面山门但见公路红尘
慈云总得与钻石和狮子商量

从豌豆那么小的一幅土地开始
搭出容身的房子，种一亩蔬菜
教几个朴拙的学童，开凿出
一泓池水，移来劫余的种子
待瓣瓣幼嫩的叶子逐日舒长

从混浊里开始感到需要明净
泥尘的身体渐有了莲的心志

想给起居一个全新的秩序
抚育幼儿，予贫病孤老有所养
早课的钟鼓敲醒群鸟的乱梦

从一颗莲子的端庄众人体会
主梁的端正，直棂窗的开朗
和缓地倾斜的屋檐的和谐
菩萨安坐，看工人回廊睡午觉
与十方虫鸣分享一阵凉风

一瓣莲花连起大千的形象
麻石莲座扶持坚挺的主柱
鸱吻翘起带来平安的浪潮
莲茎帮你支起虔敬的供桌
叶化为瓦引向更美的想象

1999 题志莲净苑

185

残叶

　　　　—— 题圆明园

你的叶缘在不同季节任虫蚁蚕食
意欲改变荏弱的版图，期待生长
含苞待放的微红，只剩下唏嘘
不断涂改的蓝图：上百搭渡桥梁
如今只剩下绮春园这座断桥

昔日青波荡漾如今泥泞里尽是
历史的讪笑。图腾木腐朽了
黑暗中老难辨别你我的面容
皇帝想要靠仙人承露，储起
黎明鲜嫩就可永享朝阳？现世

兵戈却把你扯入泥涂，蓬莱三岛
搁浅在贪婪的腥臊气味里
沉迷于昔日宫廷中灯影嬉游的光彩
我们在黄花阵中再也走不出来了
难道还可以酣睡一万个春天的慵懒？

宫闱只余断柱，水注干涸无泪
珠宝与瓷玩只惹来众手的掠夺

嫉妒的红眼，放火烧毁异族的私藏
野蛮令人放肆以文明劫杀另一种文明
但伤痕的展示又如何可以生长出骄矜?

2005

中国光影

在旧的伤疤和新的迷乱四面围绕的
这个湖边，树影后或许有疼痛的忧虑

《西湖》·1987

寻瀑

赭红、花青、棕黄

还有宝蓝的石块

逐渐没入泥中

铺成一条平坦的路

越是深入林木的中央

就越深入

万点苍翠的寒冷

沿路深浅的绿带着浓淡的湿意

当你侧耳细听

某些轻盈而连绵的瑟索

是岩石最深处擦出的水流

我们就是随那声音上山

在寒冷中移前

往往以为仰首所见的天空

就是水流飞悬的姿态

走过嶙峋的秃山旁

一段夹路的枯枝

落尽了青葱

犹有棕白色的枝桠

坚韧如土层剥落后露出的石

转过弯，继续前行

没有多远，便来到这里

只是一道小小的瀑布

水从岩石上流下

激起白色的泡沫

从一个骠悍的下冲

分成岩石旁

许多涓涓的细流

进入平静的潭中

仰首只见天空仍然遥远

豪情的题字

在木牌上褪色了

"那上边又是什么呢？"

继续沿旁边的石路上去

绕过围墙，到达一所古老的寺院

一堆柴木、一个破鼎

老狗蹲在石级上俯望花园

石缝间长满草

竹枝在风中晃动

划破背后晾衣竹上一片白色

然后又再停定

没有木鱼的声音

佛像已毁去

小小的院子中

有人做饭，有人斫柴

1974 广州

西湖

在九曲桥畔我瞥见远处一丛
宽敞的手掌在风中轻轻挥动
我想提笔告诉你，在西湖，如何
从拥挤的游人间绕路走近一池
舒展自如的花叶，我不打算用
古典的言语叙述阮公墩上拟古的
戏剧，在这充满了典故的名胜
我想给你讲我的故事，左拐右转
相信越过那些矮树丛我们终会接近
心中安静的池塘，随意俯仰舒伸
枯黄的叶旁还可以有新净的绯红
当我提起笔来，看着笺上隐约的
花的纹理，自有它们暗藏的机杼
我又不想用文字去玷染，我怎可以
从花际关系去说清楚人的真幻
我们反复拓印优雅，墨迹愈见模糊
记述历史的石雕毁于一场文化的灾劫
或是粗鄙的涂污，我们跟随点撇勾捺
找到隐秘的伤痕，哀惜文字的残缺
美丽的传说依然流布，更多平庸的

高楼建筑起来反驳湖上舒闲的美景了

我们走遍九曲桥也没法接近，爱花的心

总得经得起冷嘲，当观鱼的人发现

觅食的鳃嘴在播弄的手下，波心印月

不过是人工烛火摆动上千的光影

神话到头来总有参差，可以想象你

冷冷笑纸上优美然而无力的纹理

在旧的伤疤和新的迷乱四面围绕的

这个湖边，树影后或许有疼痛的忧虑

暗涌的波涛可能咽下辛酸的呻吟

但见清风运腕而涟漪舒开画卷

天地写它挺秀而苍凉的书法

茫茫烟水笺纹间我们是散落的墨滴

依稀从断折的笔画间猜测整幅淋漓

1987

江苏双沟酒

我带着这瓶酒旅行

黄昏时打开疲乏的行囊

衣服和书本上泛出了芳香

在菊黄的灯下在梦的边缘

沿一根衣带走过宽敞的大湖

在白云假山之间转来转去

跟飞鸟碰过满怀

眼睛跟随曲曲折折的园林

打开一个一个虚实的空间

我们在一条多尘的路上颠簸

想去探访那个艺术家的故乡

我们在地下洞穴里摸索

相信即使不小心掉进水里

也会从地球的那一头爬出来

没留神听导游唯一的解释

宁愿大家对钟乳石有不同的想象

紫砂泥土仿佛天然的宝库

人的双手搓磨出种种珍奇

猖狂的茶壶斟出万千巧思

望丝竹的声音不要哑默

喝茶的人长听段段婉转的流水

小说家门外总有鲜活的小河

五湖四海的友人可以泛舟到来

采菊东篱之余抬头看见了

电视的高塔也真是没办法的事了

曾经在倒霉的日子对饮

残羹也是安慰愿杯中永远香醇

旧相识厨师又再烧出美味

没有人再怀疑扁豆和青菜

对虾仁不再排斥对火腿宽容对螃蟹

公平对待大家不要再过反复的日子

不仅是佳酿令初见面的人谈到夜深

是对好东西的欣赏和期望

微醺的手打开更多的门

眼睛在明昧之间望向宽广的天地

让双手创造出的东西缤纷多姿

不要单调的颜彩要声音的盛宴

1987

昆明的红嘴鸥

忽然看见你们翱翔

环绕翠湖盘旋

笔直冲上高空

满眼飞升的灿烂

空中尽是雪白的翅膀

来自严寒的冬天

生性酷爱热情

你们长途跋涉

只为寻找一个春城

你们那么高兴

一定是寻对了地方

在这变得温暖的天气里

试飞的心尚年轻

拍着翅膀发出欢乐的声音

为那自由的飞翔

这里原是开旷的旧地

战时艰苦的日子里

人们一定也曾从简陋的房间里仰望

空中模糊的形象

慷慨的行列和个人的沉思里
有那洁白的想望

我来到湖边，数着海鸥
寻访昔日人们谈笑思辩的地方
校园旧了，民主草坪走杂了
但房子和人总留下痕迹
数着，有一天，天空中
稀少了，勉强的试飞不成圆
一朝醒来鸟儿全不见踪影
是因为乍来的寒冷
令它们暂时躲起来
还是它们再次远飞
为了寻找更温暖的地方？
它们到什么地方从头筑巢？
哪里是适飞的气候？
在哪一个开敞的湖畔
擦亮人们仰望的眼睛？

1987

昆明除夕

老马低头站在路旁

拖着一车泥土

深夜还有人在施工呢

春城餐厅要拆去了

顶楼那儿还有灯

重重晃荡的影子

不知是不是还有人在

我们一次又一次走过

寻访不同的事物

想哉时人们在湫隘的菜市场

在田野的小径上找基本的

生活，在防空洞里想一首抒情诗

文林街那儿有位好客的老师

收集漆盒和桃花布，从服饰细碎

后来他写出另一本宏大的历史

路前头有人留下一点火光

一团绿光不断地转圈

越转越快……然后消失了

曾经在这儿迷路我们彷徨

转了弯又再走向有灯的地方

想艰苦日子里有死亡和哲学的思辩

脚旁孩子爆竹砰然一响

然后又再归于沉寂

惋惜那些淳朴古雅的街道

小楼拆去是为了扩阔街道吗？

不知会建成怎样的新楼

马儿拖着沉重的泥砂在路上蹒跚

旧书摊上有花花绿绿有剖碎的梦

胖孩子牵一个氢气球

一双男女推着自行车边走边说话

走入一条灯火缭乱的嘈吵的小巷

1987

成都早晨

我们是从未相遇的故人

一同分享一个有雾的早晨

蓝衣人坐在茶馆里

我是竹椅斑驳的影子

有人沿路数着门牌

我是一棵一棵结节的树

有人正在挥手有人刚好抵达

错过了车送错了信

我们终于没有遇上

某处有一爿咖啡馆

某扇门后有人围坐微笑

某个黎明水云的颜色变幻

有人在候车有人在送机

有人在怀念有人终于重逢

我们是从未分离的异客

黑夜的颜色褪尽露出微明

在不同的街道

我们同尝陈年的泡菜

说着不同的方言一同咀嚼辛辣

有时被车辆的主流推到路旁

有时同样感觉骤来的寒冷

事情不光是表面所见那样

我是吊着的腊肉

我是摊上的菜头

我是一辆老机车

换上一副现代化的机器

我是早晨犹豫的微凉

我来到这里我伸手触摩

一个古老城市一棵新鲜蔬菜

我背起背囊乘车离去

回头看见另一个我留下来

是菜叶淌下的水滴在路边

等待雾散后的阳光

1987

往乐山的路

白茫茫的一片雾
我们要开往哪儿去？

驶近了前面慢悠悠的
一辆牛车，我们越前去

指尖在玻璃冰凉的水汽上
画出一片青绿的菜田

小姑娘的自行车
拖着背后老汉的木头车

呀！两盏黄灯
突然从雾里迎上来

看不清掠过的路牌
这儿是什么地方了？

不要太贴近前面的货车
车上满是摇摇晃晃的铁板呀

忽然驶入闹哄哄的
鳝鱼、腊肉和鲜菜的墟市

窗口里妈妈缝衣服，看着
穿红裤的娃娃，跌倒又爬起来

运载过重的车辆
隆隆地从后面赶前去

一棵又一棵树，路旁
一辆又一辆翻倒的机车

走这现代化的路
也真够颠簸的罢？

白茫茫的雾
我们默默地驶前去

1987

北京火车站

巍峨的建筑里有寻常的离合，
公开的空间里容得下一个
私人记挂的名字吗？报告班次的声音里
混合了耳语絮絮，规矩的窗间照入光
飘起无数微尘，众人幢幢的影子里
蹒跚走出一个穿红裤的娃娃。

1988

戏棚后台

我用手抹上脂肪，梳理头发，
画好眉，光在我手上，
映到我脸上：仿佛不是我的手，
它装扮各种角色，作出
不同的表情，它是光，
温柔地碰到万物给了它们颜色。

1988

西洋画素描班

总是那巨大的头颅向我们皱眉，有声音说：
这是现实，你们的责任是去临摹；
这是中心，你们的视线得向这儿集焦。
但事情逐渐没有那么稳当了，我梦见
那头颅也在犹豫地顾盼，有许多观看的
角度：临摹的手在摸索，眼睛望见模糊的边界。

1988

风陵渡个体户影室

在黄河边听着不息的咆哮，你们把房子不断翻新。
胶布和木条搭起的天窗漏进日光；
衣车的铁辘、废弃的铁片，拼成射灯；
墙边堆着破板和布幕……
够得上一个影室了！
徒手画出蓝天白云下的大桥，你们
从陋室里创造出一个丰富的世界。

1988

出关

出了嘉裕关，就可以往敦煌去了
兰新铁路，五七年开辟的第一铁路
把燃油运到华东
天山雪水融后滋育了绿洲
过的还是鸡叫狗鸣的生活
可水电都有了
游客也来了
坎儿井的水儿清
葡萄园的歌儿多
更多生意人来了
生活没法像老歌儿一样了

沿路会看见边关的烽火台
偶然一所房子像泥土的颜色
在黄土里多少年了
老百姓是泥土的颜色
当然，嘉裕关是卫生城市
垃圾靠风吹，污水靠蒸发
我们要走出去了
乘车或骆驼

西出阳关，茫茫一片大漠

辉煌的宫殿只剩下两道阙门呢

戈壁红柳未开花，开了花

火红火红的盖过帝王的烽火

酥油茶好喝吗？

手抓羊肉居然如此美味

不同的食物令你的肠胃惊讶

带来微微战栗的抗拒

外面是不同的香料

不同的民族，有不同的信仰

缤纷还是残暴——延绵多年

听说关外的征战，厮杀仍未停息

你带着好奇抑或不以为然的想法

晨昏变幻，改变你茫然的目光

我们要出关去了

持一函护照，等待大人签押

古装美女载歌载舞

若要拍照可得付钱

昔日旅人来到绿洲

艰难的商贾在旅途惨遭劫杀

如今是导游和司机敲你竹杠

西出阳关，没有跟我们想法一样的友人了

喝的那杯酒不知是什么味道
走进陌生的空间，耳边
再没有熟悉的歌声

2008 敦煌

化城喻品

这是一趟艰苦的旅程
从严寒来到酷热
唇舌干渴，呼吸也有困难了
我们不如回去吧
我们不如放弃吧
没有人可以走下去的

这时我见你从容舒开双臂
　　　卷起一阵清风
　　　　　荒山的尽头隐现一座城池
　　　　　　　灰褐的旁边泛起青绿
蜒蜿的河水仿佛从天上来
　　　带着初生的花草
　　　　　漫向初生的城市
　　　　　　　仿佛有人骑驴前行
背驮货物走向一个热闹的市集
　　　赭石、黄花、红衣的人
　　　　　极度枯寂的道路之后
　　　　　　　人声也仿佛是种安慰

我们加快了脚步

带着你的想象，我们走前去

2008 敦煌

百脉泉

一串串的心事从心底冒上来

涌上来
一串串点点圈圈的泡泡

南高北低的地势
水往低流
新鲜的
呼吸
顺畅的
流动
挡住了
禁区
又一个禁区
花岗岩的脑袋
无法渗进一滴水
退回来
老是退回来
老是一直盘转回旋前进不了
改变不了？

回旋不知该怎样走下去

前进不了

卷回的身体摩擦土地摸索土石间的隙缝

重重挣扎中

寻找出路

感情汹涌而出

渗进广大而空漠的未知

自己消失了?

改变了?

变成另外的形态?

一串串的珍珠从水底冒上来

2009 山东

食事风景

食物显示了我们的美感和价值观，连起偏执和欲望……我从对食物的兴趣开始，逐渐沉迷在它们跨越文化的历史中，那种充满了误解与了解的求索。

《食物、城市、文化》·2000

茶

没有一张脸孔

从茶杯里泛上来

只是茶叶杆子竖着

说友人来访

数暖棕色茶上的点点灯光

静默中飘满眼睛

一双双夏夜的星

从天的前门来

又自云的后门去了

彼此相隔了这么多浮泛

没有静下来

对饮的一刻

偶然的相见相感

犹似遥远的茶香飘忽

手只独自举起

杯中的影子晃动

茶香中总有苦涩呢

杯底的茉莉瓣

或聚或散成图

1973

青蚝与文化身份
——送给鸿鸿，纪念同游的日子

都说青蚝没有身份的问题

也许是这样？在布鲁塞尔

我们照样吃加拿大的青蚝

那位来自大陆的第六代导演老在说

艺术是纯粹的、世界性的。东方？

西方？并没有什么大不了的分别。

捷克的小说家，他认为，还不是

照样写出了法国式的小说！

                  那青蚝呢？

可我总觉得不是那么世界性

有些地方养得肥美，有些干瘪

由于营养不良，或是思想过度

不计代价地发展工业的地方

化学废料流入河里，令青蚝

变了味道。有些连带着泥砂

有些盛在银盘里，用白酒煮

用豉椒炒，肯定适合不同的口味。

                  那我们呢？

有不同的背景和不同的口味吗？

在这国际艺术节上，台湾的身体

气象馆主说有时想自己前生是日本人
来到比利时，又想何尝不可以当
一个比利时人，谁要说
文化身份那样老套的问题？
第六代导演大声喝采了，他认同
宇宙性的说法。
　　　　可是宇宙里
老是有不同的青蚝哩，带着
或窄或宽的壳，陈列在雪上
适合不同的游客品尝。我们一样吗？
捷克的小说家其实并没有，我认为，
写法国式的小说。中国的青蚝离了队
千里迢迢之外，还是不自觉地流露了
浸染它成长的湖泊。青蚝有它的历史
并没有纯粹抽象的青蚝。

1994

鸳鸯Tea-Coffee

五种不同的茶叶冲出了
香浓的奶茶，用布袋
或传说中的丝袜温柔包容混杂
冲水倒进另一个茶壶，经历时间的长短
影响了茶味的浓淡，这分寸
还能掌握得好吗？若果把奶茶

混进另一杯咖啡？那浓烈的饮料
可是压倒性的，抹煞了对方？
还是保留另外一种味道：街头的大排档
从日常的炉灶上累积情理与世故
混和了日常的八卦与通达，勤奋又带点
散漫的……那些说不清楚的味道

1997

茄子

夹一箸粉丝

吃进口里

里面好似

有煮焖了的茄子?

初次见面

不知怎的说到茄子

记得你说小时候在台湾长大

爸爸是广东人，妈妈来自北京

我可忘了问你们家怎样吃茄子

煮熟了凉拌，加上麻油?

是加了辣味的鱼香茄子

还是广东的茄子煮鱼、茄子鸡煲?

奇怪我们都同时从食物去想

文化的牵连，从身体的反应和口腔的

欲望，去想我们和外在空间的关系

在掀开一个和另一个锅盖之间

不断地旅行，追随豆豉的气味，在干了的一摊酱油

那儿

细细辨认痕迹

我记得在简陋但舒适的旧居
母亲买过肥美的茄子
佛像那样供在客厅中心
后来生活就乱了，独自在外面
总没法煮回那样的味道

你父母当日不知是什么心情
随移徙的人潮远渡了重洋
言语里渗入了变种的蔬果
舌头逐渐习惯了异国的调味
像许多同代人，大家逐渐离开了

一个中心，失去了原来的形相
但偶然我们又从这儿那儿丝丝缕缕的
什么里尝到似曾相识的味道
好似是煮烱了的皮肉，散开了又
凝聚：那么鲜明又消隐了的自己

1997

二人寿司

我好想成为包裹你的海苔
你可愿意围绕我笨拙的形状？

你能否容忍我满身鲜明的海胆卵？
我爱你也得连起墨鱼、青瓜和蟹柳

无数过去的饭团回来扰乱我们寻找自己
清茶还是清酒犹在千百个路口上彷徨

我尝试接近你的柔韧触到了隐藏的尖刺
是你软壳螃蟹似蜘蛛的手足向我要求甜蜜？

褪去了层层外衣你停下来我似感到了颤栗
接近卷曲的核心好似冒犯了隐藏的苦涩

不认识自己的气味我的生腥竟也疏远了你
不过是舒展自己你的辛辣还是伤害了我

沉默了同排在碟子上也形同陌路
交谈吗胃中不觉又翻出无穷的宿怨

没有了爱傍晚进食只剩下物质的消耗

无所依归难道可信的只有蛤蜊的灵魂？

来自不同的城市各自经过不同的冬天

欣赏彼此亮丽的颜色为什么总难熨贴？

我慢慢咀嚼逐渐消化你远海的纤维

你在喧嚣中静止我在你的舌头上融化

1997

与羽仁未央试新酒

是春天的傍晚
樱花像雪花
点点飘来
把大地染得绯白
上面有走过的
人影

素白的春菜
浇上红色的梅汁
清新的酸涩
砵里蒸蛋与鹅肝
朴素里的
丰腴

有欢喜也有怨缠
经历过的人事
离开了
又怀念的城市
挚爱又担忧的
患病的亲人

辛口的

微甜的

未经发酵的乳白

已经成熟的澄明

我们试了一种

又一种

青白的新菜上

酱黄的海胆卵

满口素淡与腥鲜

窗外某处的樱花

一面盛放

一面飘落

2000 东京

酿田螺

把我从水田捡起
把我拿出来
切碎了
加上冬菇、瘦肉和洋葱
加上盐
鱼露和胡椒
加上一片奇怪的姜叶
为了再放回去
我原来的壳中
令我更加美味

把我拿出来
使我远离了
我的地理和历史
加上异乡的颜色
加上外来的滋味
给我增值
付出了昂贵的代价
为了把我放到
我不知道的
将来

2002

盆菜

应该有烧米鸭和煎海虾放在上位
阶级的次序层层分得清楚
撩拨的筷子却逐渐颠倒了
围头五味鸡与粗俗的猪皮
狼狈的宋朝将军兵败后逃到此地
一个大木盆里吃渔民贮藏的余粮
围坐滩头进食无复昔日的钟鸣鼎食
远离京畿的辉煌且试乡民的野味

无法虚排在高处只能随时日的消耗下陷
不管愿不愿意亦难不蘸底层的颜色
吃久了你无法隔绝北菇与排鱿的交流
关系颠倒互相沾染影响了在上的洁癖
谁也无法阻止肉汁自然流下的去向
最底下的萝卜以清甜吸收了一切浓香

2002

冬荫功汤

最辣的是辣椒
最辣的是清水

最辣是她的嘴巴
最辣是你的耳塞

最辣是他们的发布
最辣是你们的报导

最辣是她的身体
最辣是他的凝睇

最辣是她的气味
最辣是你的大鼻

最辣是他的热吻
最辣是她的冷漠

最辣是他的裸体
最辣是她的整齐

最辣是他的眼睛
最辣是她的心情

最辣是他们的法纪
最辣是我们的顾忌

最辣是她的梨涡
最辣是你的无助

最辣是他们的言语
最辣是我们的无言

2002

石锅拌饭

许许多多的蔬菜

各有各的美丽和骄横

什么样的一双手摇响风铃草

把它挂成一串颈上的小调

把青瓜切成半个月亮

把月亮蘸点麻油

温柔地给生菜按摩

让它发出胡弓的旋律

把冬菇变成十只长鼓

敲出秋天芦苇间的肃杀

芽菜姊妹排好又在动乱中四散

长竹笛合奏黎明的爽凉

让红菜头翻出弦间的秘密

把大家的脸庞染红

美丽底下有隐藏的悲凉

这么多蔬菜交缠的歌舞

在炙热的石盆上错折成形

把白饭搅拌成斑驳的七彩

2002

家传食谱秘方

从一盏灯旋转的闪烁开始
永远无法持续的意外在耳边
有人说你是辛辣的但你已经
不是辛辣的，后来的人
把这道菜煮得太干，忘记了
原来的主题，我们在搅拌中
逐渐失去了自己
太模糊、太软弱、太妥协
难以达到朝思暮想的形状
我们继续在平庸的烹饪以外
想去寻回那些失落的笔记

不管去到哪里我们总带着
童年放学经过巷道间
那些殖民地大屋中传出的香味
来自遥远的市镇，修葺我们的欲望
是我们屡屡失落的安慰的怀抱
成长时那微甜的苦酸
在那些无法逃避的沉闷中
发现了逃走的暗道却不知通往何方

永恒的秘密，如牙缝中吊诡的
老祖母的鱼饼：无法分辨的
咸和甜的混合

要得有上好的百加休鱼，要得
有够强够醇的葡萄牙橄榄油
然后那一切就可以像魔法般重现？
教母在星期天晚上给我们煮的晚餐
在某一个阁楼，某一道关上的
南欧风味的木窗里面窗帘和窗罩下
那尘封的昨天里，微微闪光的是什么？
姊妹们曾经记下、亲友反复抄写
而纸张逐渐褪色了
难留下那无法挽回的
巫师般准确扮演的神秘仪式

记得那些茴香与肉豆蔻粉的味道
那些葡式虾酱炒菜特别惹味
记得祖母煮过的一道神秘的菜
（左邻右里的人都知道，是她下厨一显身手了）
那气味历久不散，但自从她去后
没人能再调出同样的味道
我们被唤甜角的浑名，放学后
打赌输了请吃杂豆渣渣甜汤

232

我们在零食间长大，隐约记得

大人们曾向我们显示一本神秘的册页

我们搅拌锅中食物，不知能否寻回那丰富

2003

亚洲的滋味

刚收到你寄来的瓶子，还未打开
没想到，随灰云传来了噩耗
沿你们的海岸线北上，地壳的震动
掀起海啸，一所酒店在刹那间淹没
一列火车冲离轨道，无人驾驶
从今生出轨闯入来世的旅程
海水突然淹过头顶：油腻而污黑的
生命、飘浮的门窗、离家的食物……

我打开密封的瓶子，尝不出
这腌制的蒜头是怎样一种滋味
是泥层中深埋的酸涩、树木折断的焦苦
还是珊瑚折尽鱼肚翻白的海的咸腥？
从阳光普照的午后传来，你可是想告诉我
如何在黑暗中酝酿，在动乱中成长
千重辗轧中体会大自然的悲悯与残酷？
如何以一点甘甜调理大地人世无边酸楚？

2004

汤豆腐

开始时在白布的桌面上

端来一碗汤豆腐

我们开始说话

从平面开始想象，把现实割切

阡陌纵横许多不同的四方田

想象我们是朴实的农夫

想象我们是入定的老僧

寺门内晚膳只有清汤与豆腐

没有手提电话

没有股票与炒楼

没有金银和欲望，只有豆腐

连冬菇也没有，连豆芽也没有

我们简直已经到了非常禅的境界

不吃人间烟火，只是吃豆腐

可是吃着豆腐，闲聊着

又想到了豆腐也有各种做法

比方说高野豆腐

坐牢时探监的人送来高野豆腐

可以偷偷榨出半壶清酒呢！

我说我以前吃过的

浅绿色的蟹膏豆腐

你说虾仁松子豆腐

江户时代就有豆腐百珍的专书

我们都吃过火腿豆腐

虾子山根豆腐

麻婆豆腐

臭豆腐

各种味道都说起来了

还有泥鱼的豆腐呢

驱使烫热无处可走的泥鱼

教它们钻进冰凉的冷豆腐里

满足我们美味的欲望

唉，阿弥陀佛

愈说愈不像样了

我们不是说要收心养性

只吃一味汤豆腐的吗？

2004

年娜的茄子

茄子在焗炉里爆开
是莫洛托夫鸡尾酒再回来了？
还是新时代拆建楼宇的打桩声？

恭维你买的茄子肥美
你摇头，说就是太庞大了
翻开来你让我看它臃肿的理想

本是虔信的党员
七四年全家抵达莫斯科工作了两年
怀疑了红色布尔雪维克大街的谎言
八十年代瞥见改革开放的蓝图
九十年代回顾最后的公社农场
今天你说独自生活不惯煮什么大菜
就做一道最简单的沙律一样的

茄子鱼子酱！材料是平常，可不简单哪！
菜谱里有父母东欧的流离
亲人爱美尼亚的辛酸

能传给儿女一代细尝吗？

生活里的向往与爱恨都不会轻易消失

累积起来在油盐葱蒜里

九十九岁的母亲，眼睛看不见东西了

你最后一次去看她

摸索着为你做出这一道菜

2006

清理厨房

——给下一位房客 Mr.Jan Sonergaard

我洗干净一切望你有干净的杯盘

可以使用，清洁磁砖上的油脂

但愿后来者呼吸愉快的空气

磨砂玻璃外环廊栏杆上

总有五头灰鸽如五头乌鸦

戌守的狱卒把我们暂时关起来

为了令我们欣赏更大的自由

辛勤的通宵写作以后

一碗热汤比一个政府更能支持

艺术家的肠胃与胸怀

文字在热窝上翻来覆去

为了熬出那成熟的火候

男性作家不也需要一个厨房吗？

脑筋和双手同时需要运动

怎样去认识一条河？

从厚厚的历史书、从明信片

还是从炉上锅里的香味？

鱼鲜里有深海寒冷的智慧

厚壳的螃蟹与贝壳里的温柔
沉潜累积的历史教人细嚼滋味
从一片鱼鳞去想象一面汪洋

黄昏鸟儿飞出细碎的符码
向你传达暧昧的讯息
一道吊桥的起落把颤栗传给众生
我们是河，流过我们的平原和峡谷
也有触礁的险滩，也有风平浪静
归向包容我们的海洋，思绪凝聚
从咖啡壶的烟上编出缤纷人世

2007 麻省剑桥市

游戏

诗是一种对现实世界的探索。这种相遇可以是思考的、戏剧性的、幽默的、讽刺的、幻想的、公共的或是私人的。

《蔬菜的政治》附录·2006

去年在马伦伯

去年，唇色的西班牙

茱地茱地

奇理夫在西班牙

舐着冰淇淋的西班牙

而西班牙可不是马伦伯呀

也没有谁说过

马伦伯就是挥着红丝带的都市

就是牛角上顶着个小伙子的都市

就是，而又不是

哎，我也给弄糊涂了

去年呵

佛洛伊德的去年

而红塔街总之就不是在马伦伯

哎，马伦伯

关于你我该说些什么

1963

突发性演出

零时廿分他走过公路卧在那里

旷野里一头枭的鸣叫

又在中断的地方重新开始

四头牛扮演四头牛

吃草的它们在剧中

有一些作为

吃草的它们的角色

总之

零时廿分他走过公路卧在那里

等待

等待着……

许多个虚点

许久

许多个许久

可是演出计划里的某些部分

应该开始的还未开始

出现的还未出现

似乎有点什么出错了

而这是很难堪的

独自笨瓜的卧在那里

而这就叫做突发性

而这就叫做演出

甚至没有卷心菜

没有麻包袋

没有涂满甜瓜的女子

而这是很难堪的

一切都跟他们说的不同

甚至没有羽毛没有木屑

没有洋蓟没有号角

一定的

是有点什么弄错了

他卧在那里这样想着

真的

甚至最后

落下来的

也不是他们说的那些意大利粉

而是雨

1968

面包店

风翻动杂货店的布篷

卷起地面的影子

向潮湿移过去一两寸

那以后是什么？

柏油路上的寒光。

一个人走过面包店

依稀感到新鲜的热面包

店里的灯光照在玻璃柜上

对于从寒光的柏油路走过来的

连虚构的东西也是温暖的了。

　那时曾与她走过关了门的理发店

　　　脚踏车店和中药店

　　　还有门缝中露出灯光的小铺

　　　即使是这么破烂的路

　　　那也是了不起的

　　　那么温软的笑

　　　那感觉

　就像有一个面包夹子在胸膛里搅动

　　　这样一起走过

　　　不晓得该说点什么

破烂的路也是美丽的

只是太短了

没有更多的脚踏车店和中药店

门缝中露出灯光的小铺

更不用说

那唯一的理发店

他过后就尽是这样数说

埋怨自己不知有多笨

一直走到面包店，像一个傻子

把书本递给她，然后就分手了

真使人想把头碰在墙上

以为这是什么

一出面包突发剧？

老兄

每天吃一个面包对你并没有什么帮助

他最后这样下一个结论

这时他走过了面包店

灯影晃荡

向潮湿的地面移过去一两寸。

1971

睡在沙滩上

伸手可以迎接幸福的明天

当浪变成

       一颗大鲨鱼牙齿

拿去送给那位缺了门牙的朋友

风灯落在口哨上

我是乡村中唯一的白痴

为什么？

       我是为

       你是什么

纯粹的游戏的

船或者屋子

买一头牡鹿给独居的牝鹿

一个岛屿给漂流的人

或者三三两两的乌鸦

那时你在这里

你就可亲眼看见他们掉进网里

转一个身，你说

我们今天这所房子

穷得连天花板也没有

所以就不免有点太高了

只是一种沙滩

各式月亮

至于针床可笑不可笑

那要看你从哪个角度感觉了

还有什么埋怨吗

如果说听不见夜莺

那么我只好说

各种邮递的错误

唯地址正确才可避免

有人说在月夜里

看见一个女孩乘脚踏车在波浪上经过

生起火来

被闪烁的火光感动

我们到底也不免相信了

反正夜里飞翔的天使教人不能睡眠

合掌唯有蚊子的赞叹

1973

写一首诗的过程

有那么一个女孩子

打算喝掉面前这杯咖啡

然后写一首诗

哼，也没有什么了不起

还不是照样喝下去

对窗终夜的牌声响亮

街尾面摊旁的舞女和夜归男子

哗笑然后吵骂

今夜还没有人在那里打架

她给咖啡再加颗糖

加一点牛乳为了衬上杯子的颜色

并且想：那要来还未来的诗呢

抚着浅棕色的暖暖的杯

写不成又自管自笑了

偶然一辆警车驶过

醉汉去拍木料店的门

她专心注视

要写这生活的戏剧

然而什么也没有发生

那人不疲倦么？想着

便伏在臂弯上，在纸上

画一头胖胖的猫

不行，再喝一口咖啡

透过浅棕色的杯子

看寂寞起来的街道

想最好有一点微雨

滋润这街道，并且闪光

如一朵朵在黑暗中绽开的花

她想着，再伏下去

并且睡着了

这时街上来了一辆洗街的车子

终于把街道变成潮湿

1973

某打字小姐

今天的信比昨天的胖了

它们还是穿着同样的衣裳

你每天复述有一株树分期付款出售

有一朵云需要修理

以及笨重的老板

未能参加在高空举行的酒会

感到——你打错了字

又把它重打一遍——你感到十分抱歉

随手把撕下来的纸张扔到废纸篓去

低头时仿佛听见有点什么在唤你

冷气机轧轧的声音

化作门的咳嗽，人的叹声

而你不晓得有些什么

在隔邻的房间里

（总有人打错电话来

　　　　　说要购买一部缝纫机）

送报的小厮端来日子的一页

你剪下的葡萄广告

存在档案里

随手也剪下一朵油墨的向日葵

去年的种子夹在玻璃下

只开过一朵平面的花

有时你仿佛听见头上传来的鸟声

一头麻雀从荧光管的壳中孵出来

拍着翅膀在那里唤你

你便会把"买"字打成"鸟"字

在冷气中打一个寒噤

随手把撕下来的纸张扔到废纸篓去

那些死去的字

像飞不动的蜂尸

而你不晓得有些什么

在隔邻的蜂房里

1973

游戏

在这一年将尽的时光

我们来玩游戏

把糖果瓶子传过去

每人从瓶中取一颗糖

看到了最后

是谁得到一个美丽的空瓶子

以及一年的幸福

在这一年将尽的时光

我们玩砌图的游戏

每一块积木

是一块碎片

我们翻遍积木的多面

寻找一幅完整的图画

在这一年将尽的时光

我们把废纸卷成许多纸筒

用一根绳子串起来

涂上七彩的颜色

加上红色的嘴

和流苏的尾巴

做一尾快乐的蛇

拖着它上街去

在这一年将尽的时光

我们收集七彩的气球

把每一种忧愁的名字

写在上面

然后拿到热闹的年宵市场

把它们放走

这么多的颜色

糖果和积木和气球和纸蛇

这么多的碎片

串起旧的一年和新的一年

我们还在这里

把瓶子传过去

每人把手探进瓶里

谁也不晓得

最后得到的是什么

1975

抽奖

他得到一套北欧家私

他得到一个耳塞

他得到一头假发

他得到一枚浮瓜

他得到一袭睡袍

和一个跌打医生

他得到两个富有的姑母

和一头鹦鹉

他得到一副电脑

以及红橙黄绿青蓝宝

他得到公积金

佣金、礼金和帛金

他得到戏院的赠券

酒会的请卡

特别折扣的二手牙刷

他得到自动清理的文件柜

永不停嘴的闹钟

他得到二十四个英国人

组成的调查委员会

他得到哲学学会主席的椅子

他得到乡土艺术的专利权

他得到一只不断上升的股票

一所不断下沉的大厦

只有我

仍然两手空空

每次仰望

就仿佛听见

有人在远处发笑

迂回穿过

阴云和阵雨

撒下的骰子

是最少的点数

买了报纸

却错过渡轮

坐在码头

用香烟罐子钓鱼

在错误的火车站

等候下一班车

在高速公路上

做一匹马

她得到一个罐头丈夫

和一群电动的亲戚

她得到一套全新的指甲

眉毛和鼻子

她得到一切联会

副主席的名衔

她得到四尾会唱歌的鳄鱼

准时送花的河马

守候在街角的犀牛

可资谈论的大毛龟

她得到一个发罩

她得到两颗血淋淋的心

她得到邻居阿秀上周买的

那种吸尘机

她得到那种灰尘

她得到十二种官方承认的

大学入学试的资格

她得到所有不同牌子酱油

送出的小碟

只有我

仍然两手空空

坐在淤塞的河边

唱一支蓝色的歌

天气这么冷

却忘了大衣

空的藤椅上

已经坐着个人

围上围巾

戴上鲜花

并且投掷银币

幸运是头像

开出的是字

我总排错了队

买到最坏的面包

时髦的邻居

借去鲜花参加盛宴

留下我替他做各种讨厌的差使

人们捧着抽到的东西

赶着跑去把奖品收藏

我仍在这里

慢慢地走

再会了先生

再会了

女士

我在后面叫

再会了

南瓜和玉蜀黍

捧着这么多东西走路

小心不要摔倒

但他们以为我要赶上去

却都跑得更快了

1976

听John Cage音乐会回来的路上

白茫茫的雾在树林间

夜雾是偶然

白色

  点点路灯的

     眼睛

偶然静听空夜的新音　　没有人

我在网球场旁边的机器放进角子

等待一罐清凉的果汁

没有铁罐辘辘滚下机器的愁肠

  没有

   （机器发生故障

机器也有

无声以对的时候）

我站在这里

看不见月亮

   （没有一罐月亮

辘辘滚下机器的愁肠）

     没有声音

我前行

  走入白雾

干燥的嘴唇

雾是湿润的

湿润的雾是不能止渴的

空的巴士站

雨在昨天晚上演出

我曾与盖兹剧中的鬼魂

守候在巴士站

一辆一辆不存在的汽车

　　　　　　　　驶过

天空垂下引诱的绳子

　　　　　　再扯高

我们的渴不能解

　　等待的车子永不来临

　　　期待的事情没有回音

直至那路过的人告诉我：

"三十四路公共汽车不再在这儿停站"

机器也会变化的

　　　　　像天气

于是你走到退伍军人医院候车

淋着大雨

　　　湿裤管黏着

　　　　　　前进的膝盖

伤残者轧轧推动轮椅

　　　　　　推回没风的檐下

医院门前

　　　　不知什么碰击旗柱

　　　　　　　　发生单调的撞击声音

而雨雨雨连连绵绵

雨声攀藤发芽

缠绕包围那直线伸延的尖哗

什么人在这泥泞的一日尽头

还在尝试用新的方法拉奏提琴

改变医院前的一片沼泽，唤醒

人们逐渐麻痹的心，撩拨

那些沉睡的眼皮？

雨湿透我，又把

一阵猛烈的机器声音

溶入自己声音里

像雨洗涤过的一抹清亮的植物

一根平凡的路灯，以新的脸孔

与我相见，在这倾听秘密的静夜

今夜没有雨了

没有雨有雾

　　　　（这也是偶然）

白色的静寂

　　　　　　隐藏了世界河流的清唱

一个人发明了新的方法去弹奏钢琴

用手去搔它木质的窝肢

（一个人用新的方法去弹奏

天气，给我们或雾

或雨）

一日例行的寒暄静默了

那新的歌

填入人们语穷时的腼腆

当我焦渴

（雾填入白夜的窝肢）

鸟儿叫我们用心听日常的声音

夜静了

我是走往哪儿呢

干燥的嘴唇

不能放四十分钱进夜里

喝一罐白色的雾

（机器辘辘的声音

没有了）

夜静了

又仿佛有雨点点滴滴

在屋角，在路的转角

我等待

一场可能的雨

一辆来或不来的公共汽车

1980

诗人与旅游指南

在火车站候车到布鲁日去

迟来了一班车打乱了所有人的秩序

大家仓皇地追问去向

只有诗人在认真阅读旅游指南

旅游指南老是乐观地肯定文化交流的理想

比方它说爬上三百多级阶梯就可欣赏钟楼

你说我们写诗的人就该这样做？

不，我不会为了写诗就去爬高高的梯阶

我想写的不是那样的诗

因来往贸易而变得繁盛的城市

政客可以改变它的命运

从中世纪开始沉睡了五百年的古城

诗人却在想要去怎样把她吻醒

你说有马车得得踏过青石板的小路

遥望哥德式巍峨的古堡，有天鹅在湖面

优雅地游弋？写诗的人对此存疑

他不想全盘接受既定的描写

未喝过怎能肯定广场那片店有最好的龙虾汤？

他要自己剥开青蚝咀嚼。青绿的田野

逐渐在眼前展开，缓缓地染成濡湿

终于出现了风车和古堡

丰满的少女和鲜活的水果……

收回昨天对佛兰德斯画派的嘲讽

诗人是不断调整视线的人

十九世纪中叶初访香港的一位美国人

1

一位朋友埋怨这里的天气令衣服长出霉黴
要提防毒太阳！每当你走近大门，总有中国仆人
举起一把大伞，炎热的日子大家不知该做什么才好
到头来总是留在宽敞的回廊上睡乱梦的午觉

2

英国人带来了大街，人们在剃头、编藤器、修理工具
长辫男子在叫卖，摊档上挂着奇怪的压扁的腊鸭和咸鱼
也有外国水手放浪撞倒路上的老师宿儒
推开一扇民居的门，引起一阵惊惶的喧哗

3

大家都在说昨夜苦力的混战，用竹杆互相殴打头颅
路上围上竹棚的新建筑。一张新脸孔令一张旧脸孔变老
英国人的虚荣都集中在中区，君临海港眺望只望见
九龙半岛，迷宫般巷道传来"番鬼"神秘失踪的谣言

4

他们奇怪我为什么不想坐轿，由四个仆人抬上半山林丛
那儿有怪名字的龙眼、荔枝和柚子，我怕山路陡斜
愈上愈冷清，想那儿有异样的穿山甲和毒蛇

苦力举着灯笼走在前面，隔不远一个警察武装以待异动

5

突然一阵狂风暴雨，把宴罢的我们赶回去酒店内盘桓
不停地敲窗推门要进来，那狂暴的怪兽我们看不见脸
盛装男女黎明看见窗外倾倒的大蕉树，滞留室内我们还安全
湾畔小船却失踪了，正在打捞尸体，外面总是说不出的危险

6

我们到大会堂听演讲，这位有学问的神父望出窗外仿佛看见
一幅将来的美景：洁白的新船启航到世界各地去！鸦片？
已尽成陈迹，华洋杂处却互相欣赏，人们以生活在此地为荣！
这敢情好，但真是他妈的乐观呢，理雅各弟兄！

1998

葡萄牙皇帝送给中国皇帝的一幅挂毯

1

从里贝拉宫

到雍和宫

由伟大的唐·若昂五世

派遣使者带着其他礼品

一起送给伟大的雍正皇帝

背负了崇高的外交使命

为了两国之间礼尚往来

为了庆贺雍正皇帝登基

为了缓和迩来的强硬外交政策

为了保障葡人在澳门的利益与安全

在高昂的号角声中起航

越过波涛汹涌的无边大海

红色丝绸衬里上面纵横金银丝线

织出了御前大臣的英雄事迹

要从一所宫殿送往另一所宫殿

保护天子的居所，从一个伟大的帝皇

到另一个，在赏玩的目光中印证

英雄的业绩，朝夕肯定永恒的光辉

2

谁知道

分成九块

装在两个木箱里的

壁毯

待在船舱的底层

先是等待现实的风向

才可以启程

又在巴西里约热内卢

等待雨季过去

再航至巴塔利亚

停了一个月

等待补给

其间葡萄牙皇帝唐·若昂五世

吃了许多条羊腿

喝了许多葡萄酒

捕捉了许多平民

去建筑许多宏伟的建筑物

去庆祝他的许多个诞辰

派遣许多舰队

去登陆各种各样的岛屿

又再下令编织许多壁毯

等待它们记载这许多事情

在等待的过程

雍正皇帝

也做了许多事情

他把一些人处决

把一些人关入大牢

推行文字狱

把他不喜欢的人

从坟墓里挖出来

叫他们再死一次

他发动军队到处征伐

又杀死了不少人

他在等待的时候

就做了些这样的事情

他在等待什么？

谁也不知道

也许也包括了

远道而来的

记述不朽盛事的

英雄的壁毯？

3

英雄的壁毯

正在远道向他航来

好像渡过了永恒？

不，只不过是

一年又两个月的航程

什么也没有

除了日出日落

天气的变化

除了生活

在潮湿和空虚中的

蠹虫

每天来咬啮

一口一口的

把英雄事迹

当早餐

午餐

下午茶

宵夜

一点一滴的

欣赏了

没有什么

留给

皇帝

大老爷

1998

一头从埃及长途跋涉去到巴黎的长颈鹿

穆罕默·阿里总督吩咐
有人带我登上平底船
沿着尼罗河上溯开罗
沿路去到阿历山大港
跟我的黑奴弟兄一样
我们离开非洲的朋友
送给欧洲白人当礼物
就像红宝石或者图碑
只是你没法把我包扎
也不能把我塞在舱底
因为我是一头长颈鹿

别人给我特别的任务
算给查理十世去请安
作为两国友好的标记
（总督打算进攻希腊
希望不会受到谴责）
我不懂什么外交辞令
他们要我坐船出大洋
勉强把船舱挖个窟洞

让我伸出长颈来透气
没有其他的办法可想
因为我是一头长颈鹿

在马赛的港口我遇到
显赫的一位动物学家
专门来协助设计行程
拿地图研究公路分布
笔墨和仪器量度距离
他发觉最安全的办法
还是徒步走路到巴黎
沿途招惹看热闹人潮
蚂蚁搬运七彩大蛋糕
只好听从专家的意见
我不过是一头长颈鹿
巴黎民众可真喜欢我
把我画上彩碟和茶壶
女子好戴长颈鹿珠宝
男士老围长颈鹿丝巾
孩子爱吃长颈鹿姜饼
专用长颈鹿肥皂洗澡
做梦都有新奇的形象
女士流行长颈鹿发型
为平庸的马车开天窗

诗人写最新的诗行：
我就是一头长颈鹿！

没有一点现实的用处
穆罕默·阿里攻打希腊
欧洲诸国照样对付他
查理十世也自身难保
帝皇将相轮流走下台
似走马灯团团转不停
我留在植物公园踱步
总有孩子老人来看我
疯子和艺术家记得我
不因为我有什么功绩
只因我是一头长颈鹿

1998

更衣记

你把我脱下来换上另一个人

你说更欣赏外国的牌子
谁换上大衣你叫他老板
谁换上号衣你叫他堂倌
你喜欢穿上制服的猴子

他把你脱下来换上另一个人

今天我穿上了一个炎夏
今天你穿上了一个国家
今天她穿上了一个年龄
今天他穿上了幢幢魅影

我们不断在换衣服衣服不断在换我们

没有能力去改变法制
我可以改变裙子的长短

慢慢地换衣服慢慢地换衣服

一件衣服换了一个朝代
慢慢地换衣服慢慢地换衣服
一件衣服换了一个世界

没有能力去改变股市
我可以改变衣领的形状

我们不断在换衣服衣服不断在换我们

从唐装衫裤换上西式衣裙
从工厂妹换上白领丽人
把逝去的香烟和灰烬的味道
把收集的心和秋天放衣袋里

她把他脱下来换上另一个人

今天你穿戴了新的身份
你的头发烫出新的内容
旗袍下摆招展新的身体
新的耳洞钻出新的灵魂

我把她脱下来换上另一个人

2000 年底　　文化博物馆开幕演出

276

芭比娃娃

我是一个芭比娃娃

在一个芭比城市里

我戴上芭比假发

每日更换不同的芭比套装

我有一个塑胶家庭

模型砌成的芭比办公室

还有一群非常芭比的朋友

在海港照例璀璨的灯火

伴奏下共进烛光晚餐

在芭比节送芭比花

留意连卡佛什么时候大减价

在快乐时光评说人家的衣着

阿 Ken 永远在手提电话的那一头

我有超级市场的优惠卡

我参与传播全城的谣言

每隔不久接受全身整容

我追随米兰今季的时装

我是一个芭比娃娃

参观一个芭比议事局

人们都好好坐着

讨论严肃的芭比问题
用芭比的程序
用芭比的言语
我感到很放心
我高高兴兴地走到街上
我很高兴我生活在
一个芭比的城市里

2000

罗马机场的诗人

那另外一位客人是谁？
坐在候机室里，将要与我
同时转机往斯洛文尼亚诗歌节
诗人，有明确的记认吗？
肥胖，还是纤瘦？
是男？是女？
将要在山洞里念诗
行动诡秘如一个间谍
在众人的喧哗中默默记录
转眼就会晒干的雨的痕迹

假装买一个牛角包
其实是想体会面粉的温软
可以发展的形体和线条
口感以及其他

他假装坐在轮椅上
为了感受肢体不能舒展的限制
他笨拙，思想比脚走得快

他不像是那个戴黑眼镜

穿破牛仔裤和银色凉鞋的

他不一定有那么时髦

穿一件探长的长外衣？

他的确留意所有的细节

拿一个烟斗，那就未免太表面化了

他是秃了头，穿一件可笑的红 T-shirt 的那人

谁说不可能呢？

有一双锐利的观察的眼睛？

腼腆是为了老想保护住内心的一点什么？

读报，穿少年就开始穿的球鞋

穿一件无领的黑毛衣

戴黑眼镜，够酷

还是拿一瓶橙汁，故意扮作平庸？

一半想逍遥飘逸乘风而去

另一半把自己扯回地面

穿黄色运动衣的短发男子

正聚精会神地用手机

给上帝发短讯

这位女子穿了一条特别长的长裙

一定是把所有诗稿

都收到裙底的褶缝里了

又还是那个穿橙色连衫裙的胖女子？

她把两个不同的人挤在同一个身躯里

2005

芭蕉来到马赛

芭蕉来到马赛，他骑着骡子，先往山上圣母院挂单。他沿着港口骡步前行，觉得这海港城市给予他很多灵感。他在圣母院已经看见不少船只的模型。各式各样的船只，单桅的、双桅的。教堂藏画里还有东方水墨绘画的帆船。

他到过跳蚤市场，他到过大街上的画廊和杂物古玩铺。到处摆满陶瓷的蝉、骆驼、鸵鸟蛋、蛇形笔插、孔雀羽毛、鲸鱼骨、木偶玩具和古老航海地图。海港城市特别适合作为收藏的圣地、拜物教的中心。来往买卖不少。芭蕉本来就对咏物诗颇有兴趣，这时就诗兴大发，吟诵了不少十七音节的俳句，以船舵、笔洗，以圣婴、陶马、瓷枕、以象牙或犀角的精雕为题。每写完一首，向后一扔扔入背着的诗囊中，骡子也随而发出欢快的嘶鸣！

商店摆满大只大只木的瓷的蝉，据说代表好运。芭蕉记得有东方诗人认为这东西高洁，餐风饮露，但也有人认为它叫得聒耳。画像石上有儿童用黏竿捕蝉，还有炙而食之的习俗。蝉若旅行到东方可就没有被供奉的好运了。芭蕉以为自己正从事文化研究，来到马赛就注意海港城市混杂的文化，尤其充满北非影响。芭蕉抱着了解北非文化的心态，沿着共和大道，准备前往附近一所名为"Couscous 之王"的餐馆。这时一皮肤黝黑青年上前问他时间，指手画脚，指天戳地，左手举前，右臂蓦然移后，搭上肩膊，一把抢走了芭蕉的诗囊，留下惊魂甫定的骡子叫不出声音来。

芭蕉也曾大叫：把诗还给我！把护照还给我！毫无准备下他被迫参与短跑与跳栏、扮演声震玻璃的男高音、船舱遇劫的徐霞客、流落异乡尽在枝头聒耳大叫的蝉！日后他决心学习柔道或摔跤。他也可能成为一个忍者。

后来过了许多日子以后，芭蕉回想，觉得这无论如何也是一种交流。说不定这北非青年会从此学习东方语文，或对书写文字的图像功能开始发展兴趣。地下犯罪集团会从此借用俳句作为暗码，发出每日的犯罪指令：

火车站，正午，口渴加上汗水，何不抬走皮箱！
午夜，共和大道，扯断皮袋的带子，扑通

一声！

他亦设想这交流有没有回馈的机会？他可有一天在杂物市场或百纳艺术店铺碰上自己绿色的诗囊？

不知这儿有没有像大英博物馆东亚收藏那样的地方，说不定他有一天付款进场参观，赫然见到他的诗囊，以及其中的诗稿，跟木乃伊、兵马俑、非洲木偶、恐龙骨头和希腊神殿的碎片放在一起。那杂乱的诗稿甚至已誊写清楚、改过错字，并译成北非文字以作图片说明。这确实比存放在破诗囊、随便扔在他家一角为好。这样想来，他对劫匪心存感激。觉得他动作虽嫌粗鲁，仍不失为文化交流的功臣。

骡子亦似附和他，举起前蹄，发出嘶鸣的颤音，仿佛要重排当时遇劫的一幕。

2006

未央

这么多的虚幻
这么多的
落空
仍向一个朦胧的人影说话

《未央》·1974

聋

头发都垂到红衣上
你正低下头
翻看一本石涛
一面从心里笑出来

阳光照着书页和你的脸
这时我刚从外面回来
疲倦而且烦躁：
"这么热的天气，
怎不坐到那边的阴影里去？"
"什么？"你说你听不清楚：
"当我恋爱的时候，
就总有一只耳朵聋了"

1973

送别友人，和一本书

海从你的脸颊开始
伸延往一个我不熟悉的世界
你带着这么一本书离去
里面有几年的悲欢忧喜
高兴你带着它辗转途中
不晓得会遇上什么
飘流随水还是零落沾尘
你们已不是我可担心的了
没有醉别也不是登临
有些话无谓再说
把烟蒂揿熄，还有余烟飘散
站在栏杆前看初临的夜色
霓虹的巍峨在海浪上动摇
一根木棒随波涛起伏
偶然涌起敲中码头的木柱
然后又空自摆荡
山的黑影上灯光尽是言语
看这样的风光
我也禁不住再说起话了

松开抓住铁栏的手

又仿佛失掉什么

字语浮离不定

放任飞翔的手

也许会触着更多

人群从码头的阶级走下来

一个卖零食的小贩

轧响手中的剪刀

那边一个钓鱼的人还耐心坐着

等日落后更丰富的收获

当你起行

我也将如此跌坐

你将随波涛远去

不管苔藻抑或泥污

我是这陈旧的码头

送一切离去的

且没有伤感的话

风带来更悠久的盐味

与更多补缀的帆

1973

信

桌上散满画版

的纸张

浅浅的蓝线方格

等待着照片和图画

和来自远方的讯息

电讯机不停说话

然后是打字机的声音

电话铃的声音

有时有人唤出我的名字

我把图片砌好

贴到版样上

我用锎刀

锎去照片无用的黑边

在这些废纸屑间

躺着你的来信

你说终于找到一个地方

那里的邮差替小孩捉鸽子

那里的老人

终日钓鱼

草地的旁边有运河

还有脚踏车的游戏

你在信中这样说

而我工作过时

疲倦地追赶

还有十分钟的截稿时间

喝一口已经冷却的咖啡

又暂时忘却了你们

画版的纸张

布满我的桌子

那些太浅的蓝格

要仔细一点才可看见

现在纸张在刀下割成碎片

现在我的手谨慎一点

没有那么容易受伤

挑选颜色

没有那么犹豫

我画更准确的线条

不要问为什么

回信拖得这么迟

你的来信就搁在桌上

在稿纸和剪刀间

几吋也是太遥远

我抹去鎅刀上的蜡渍

和手上的浆糊

把戒尺移正一点

靠着玻璃桌面下的白灯

端详一张彩色的底片

旁边总有花边新闻的谈笑

股市上落的消息

风暴的来临

财务公司的倒闭

大门开关的咿呀

有时有人唤出我的名字

我还在这里

低头工作

偶然想想你的来信

偶然站起来

给自己再倒一杯咖啡

1974

未央

空寂的大地聆听

院子中的一片灯光

歌声逐渐微弱

更多人进屋睡觉

影子没入黑暗中

变成瓦瓮、旧砖

或是关闭的水龙头

只剩屋旁一窝初生的小狗

嘤嘤地轻唤

更多说不成的话

被云掩盖的星的言语

更多空位了

与我们一起背诵辛笛的人呢

与我们一起走过水边断岩的人呢

那些与我们一同醉酒、一同唱歌的人

现在在哪里?

清越的歌声沉默

我们留下来

继续背诵诗句

从遗忘中救出一些句子

我们卧看夜空

渴望诉说胸中的山形

然而总有一些黑暗的角落

是谈话、笑声，甚至叹息

也无法达到的

当所有的人都睡了

我们还留下来看星

并且笨拙地说着

那些常在的云

好像害怕有一个人停下来

其他的人便会睡去

便也没入黑暗中

像树丛、颓垣

或是封上的窗口

用手电筒照路的人早已走过

再没有人来

我们的脚亦倦了

拾来的人面的石块

贝壳和珊瑚

偷来的绯红色番石榴

——溶进黑暗

速写过的风景

踏过的草地

还有早上见它附在树上

以为是蝴蝶的死蛾

在夜的边缘抹去痕迹

在黑暗中所见的模糊了

那边白色的

不是一个走过来的人

是晾着的衣物

我说看那巍峨山形

细看都是屋脊的黑影……

这么多的虚幻

这么多的

落空

仍向一个朦胧的人影说话

甚至向一片天空说下去

夏夜的风飘忽如感情

我们留在这里

守着一方清凉的灯光

在这七夕的后一夜

看星子的聚散

1974　东平洲

半途

绒红的叶子上
看见银白的月亮
空气逐渐清冷
巨石的脸孔晦暗
远山的轮廓柔弱起来
忽然一盏黄灯
点破灰雾的海湾
我们在没有依傍的山路上

半山木屋旁有残破的花盆
木板和沥青散了一地
走了这么远还看不见园子
只感到树丛的瑟索
道旁的黄菊
有人说又唤作假向日葵
伸手向头上柔软的花瓣
有时触及粗硬的枝梗

事物的线条不再分明
吸一口寒冷的空气

走一段轻淡无色的泥路

采来的草叶揉碎

散落在建筑地盘斑斓的木栅旁

几个老人蹲在那里

一头红色甲虫

飞过他们沉下的脸

风筝都已落下

离开我们走捷径的友人

远远地在山头消失

影子逐渐围拢过来了

草中不知有没有蛇

我们依旧张大眼睛观看

前面偶然升起一群新的蜻蜓

1974

浮苔

1

灰螺在水流冲击下轻曳

我们停下来

面对形如响螺的巨石的庇荫

它固定的脸容充满裂缝

而水在远远的下方了

穿过别人的沉默

我眺望下端温亮的苔藻

如丛丛临流飘洗的长发

在浪花中自然摆动

如来复的感应

远美好的舒伸

当阳光下的石影渐移

把谁的脸孔遮去一部分

仍有人站起来

踏石歌唱，奔下巨岩的缺口

2

沿粗糙的泥路走下来

渔屋里有网罟和竹篓

石头做沉子的铁篮上

我仿佛看见死鱼的鳞片

一个老妇在门边向我们兜售

晒干的苔藻

它看来那么苍白且远离了海洋

当你倚着鱼网垂首

我聆听波浪的呼息

3

站在海边炙热的岩石上

汗沿额角滴下

你把长发束起

我总想你任它散开

如沿海飘浮的苔藻

在波涛中舒展

突然焦躁的阳光

斜照魔岩难解的古刻

一千五百年前留下的讯息

我们伸出手

却没法抚摩它的意义

人们站在这儿

各自张望许多方向

要走到最南端吗?

在南角嘴,可以眺望海洋的无尽

而疲累的人频频回首了

4

说话有时停顿

我与你彼此踏上不同的石块

落下不同的沙砾地

天气这样炎热

有人在背后吵架

那女孩嘤嘤啜泣

我们在水边停下

看苔藻在海浪中开合

如发的束散

细看近岸的礁岩

你会发觉石缝里

藏着那么多复杂的生命

那些小朵灰绿的菊花不是菊花

当我触及

它就立刻把自己闭上

再张开，当我的手移开

一个浪打上岩石，突然

使我浑身湿透

你退却，再走开

蹒跚的脚步要退往哪儿呢

岩石间有死的螺壳也有活的海胆

我们的谈话又再变成沉默

海浪打上岩石

我想说你也不如把发散开

深褐的苔藻

在海底固定的白石上摇曳

在每个波浪中有新的姿势

1975　夏游蒲苔岛

剥海胆

蓝衣的妇人
坐在屋前
剥海胆
一堆又一堆
黑色的海胆
一堆又一堆
怒张的刺

用钳子钳破
带刺的黑色
剖开
坚硬的心
妇人们
从那里挖出
柔和的橙黄

走了一个早晨的路
我们翻过
一堆又一堆
黑色的岩石

一堆又一堆

嶙峋的脸

最后才看见

山的裂缝中

柔和的海

坐在杂货店前

蓝衣的妇女旁边

破碎的海胆壳

散播波涛的盐味

呷一口咖啡，你说：

"春天的感觉

就好像把牛奶倒入咖啡里

缓缓地

在心里溶开来。"

1977

分流合流

如果我睡了

替我看着沙滩上那点火

当我沉默，轮到

你们唱歌

谈天，说一个故事

或者什么都不说也可以

雨忽然落下来的时候

我们钻进营幕

你脚旁有一摊水，她湿了头发

我头顶有一个滴漏

不要紧，一个人用脚抵着

背囊，另一个人侧身避开潮湿

雨滴滴答答滴滴答答

在头上响，但我们还可以再说

一个说不完的故事

后来怎样呢？

后来，等雨停了

散步的自会叫我们出去

看一轮特别大特别圆的月亮

共享这宽敞的天空

从你足踝指着的方向

到他伸手画过的弧

可以一边是星星的热闹

一边是月色的澄明

头儿围拢沙滩上一点火

我们的身体排成一朵花

每一瓣有不同颜色

盛开在银色沙滩上

等你疲倦了，就睡去吧

当我们继续沿海前行

若是从冷冷的波浪扬起

奇异的鳞光，自会叫你们醒来

一起看那黑暗中的点点青莹

1977

还差几哩路才到新年

又是一年的终了

你走向更远的路

明信片村庄

和那么多名人的墓地

星光下我站定

在指尖看一个寒冷的奇迹

回顾我的影子

它总在那里

歌声继续唱下去

朋友说我看来很好

在风里红着鼻子

并不比记忆中更难看

在湿滑的斜坡保持平衡

我不会夸耀扭伤的脚踝

始终不相信

从一个玩具风鼓模型

可以摇出丰富的稻米

在咖啡里加一点酒罢

它喝来会更温暖

站在路口的时候

我设法辨别吸进鼻子里的

是什么气味

在深夜的街头

金属大厦的脚旁

果皮和烟蒂窃窃私语

野猫宣布爱上残羹

而脚旁的满地纸屑

在一阵微风后四散

我仍做各种愚蠢的事情

在寒天走路

怀疑所有的鞋子

吃许多鱼骨

看一部沉闷的间谍片

等待温情的一幕

调整收音机的波长

收听鸟儿挣扎自由的呼吸

我仍比东区所有的咖啡店

更迟入睡

我们已经过这么多事情

所以也不要假装了

我知道惺忪的谈话

并不会使太阳更壮丽地升起

指尖上的奇迹

只是每日的寒冷

影子难得歌唱

即使走过钢琴铺

或是残花满地的殡仪馆

你若听见声音

那不过是我

在口袋的破纸上

写下断续的句子

1977

残缺

巨大的佛像
围上铁丝网
网上片片
鸽子的羽毛

从寒冷的地方
走近了香炉
一个残废人
倚着寺院的廊柱

一列列石灯笼
没有照亮
糊着的白纸
吹出裂缝

不吉祥的签语
在树上系满了
一个又一个白色的结
水流没有说话
默默流过残缺

1978

轻描淡染

逐渐移近
在轻拂
在翻动
　　　感染我
来了又去了
把青苍染白
笨重的
感觉轻盈
你好像喜欢依山而生
为什么又只是四方顾盼
飘忽不定？
忽然一阵雨
我们都感到冷了
不知你是随什么来
又是随什么消失了的
你拥抱树木
你混淆崖岸的边界
你向海水照自己的容颜
总像是身不由己的
这轻渺的质地
不能长久停留

1983

从乌蛟腾经梅子林往荔枝窝

如果累了，便休息一会吧

这上山的路实在不容易

况且你也太久没走路了

过去两年，太多午夜到黎明的守候

背着沉沉的重压，靠在床边

突然从寂静中惊醒，强忍着汹涌

说不出的疲累啊还是在路的半途

刚过的那儿只远远瞧见梅花的影子

在村屋背后，有人指着远方

说山上那儿有一两株梅树开花了

淡淡的白色，像一缕轻烟

也许是不想任人轻折，隐藏在

曲折的丛林后只有崎岖的山路

迂回可以到达，像古画里那些

清奇雅士描画的高远难知的幽香

腰羸的诗人只好回家剪裁作艺术的花朵

如今我们在路旁歇息，闲看

乡村姑娘抬着砖块走过，屋后面

传来狗吠声，喝过水又站起来舒伸

不想却在这依傍村路的乡居前看见梅花

近着做饭的人家和咯咯的家禽

万木寒枯了却还有亲近的两三株

无私地散发幽香给有心的路人

你看那梢头的笔锋，还有

点萼点苔的浓墨，圈花的顿挫

自然的妙手仍然那么挥洒

不应外律但循内在的时间凝聚成熟

不会先发在众人游览的春台

也没有偏执避居在远山，仍然

从干枯的胸怀涌出花瓣叫众生凝神

风中倒下的巨树继续生长成为雄伟的

卧龙负起攀援的乌藤，伸展向海洋

沙滩浅水处，娃娃鱼敏捷地游过

荡起涟漪，蹒跚的红蟹在一旁静看

绰约的舒展各有不同的方向

休息过便再走吧，我们经过季节的伤害

会更喜爱冬日的花姿，偶然一阵清香带上路

变成极目处乾坤万里的春天

1985

见雪

坐在费加罗喝一杯咖啡
抬头突然看见窗外飘着
雪花，一下子改变了天地
冷了这么久，忍耐了这么久
慢慢地、慢慢地，撒落下来
有好一会，然后浓密了
下得更急了，一张白色的网
罩住了世界：一个老人
走过，短发上沾满雪花
每个人都带了这新的色彩

昨天已经开始冷了
我们在寒风中穿过城市
到教堂去看一场舞
或者傍晚时分去听
一个立陶宛老诗人读他的诗
偶尔仰首看看天空
可没想到这严寒是一种酝酿

我们在不同的阶段看见雪

最先是一种惊讶

然后是纠缠着爱恨的心灵

往外寻找相应的意象

现在，像是一种温暖

寂寞中隔着玻璃感到的

广大的微凉，好像有一种

说不出来的迎拒的味道

世界可以使明净而不贯彻的

阳光奇怪地混和着雪的影子

我们曾在许多房间里停留

度过暖和的下午，或者

谈到深夜，然后打开门窗

实然发现，"啊，下雪了！"

一些房间容不下的东西

不知谁把它纷纷撒回人间

漫天点点撇撇的

这些无家的

文字，这些房子

无法承载的碎屑

飘落到每个人

头上，留在衣服上

行人带着远去了

然后又在眼前浓密起来

我看这桌上的杯瓶，已有的方圆

盛不了那些纷飞的片屑

它们有时向这个方向凝聚

有时又旋过身去

仿佛要把一切抹掉

它们把你我织在一个新的网里

又要一针一线把它拆开

我们到头来不都既有欢喜

也有恐惧吗？想停留得久一点

心里又总是不要记牢那些

不同寻常的温柔的接触

怕它会把你伤害

坐在窗前看突然落下的雪

想自己未穿够御寒的衣服呢

漫天飘散的手势

婉转地摇晃着掌

长久以后也会缓缓舒开

丛丛旋入内心的世界

或者无尽地向外投射

纷纷抹了满天

我们一定在不同的时间细看过

这雪：不固定的形状

带着温柔的心、凶猛的

激情，有时一瞬间把上一瞬间

安顿好的比喻彻底否定，有时

又会带着希望包容一切的宽大的

心，那连着我们的昨天的

经验，超出明天的期待的

那些我们见过

或未见过的事物

1990

雪后踏足哲人小径

在路旁
　　　　一连串红色的小果子
引向前路
　　　　　从无边的白色里露出
腐黄的干叶
　　　　　　青鲜的绿叶
暧昧地混在一起
　　　　　　　读不清的
涂抹掉半句的句子
　　　　　　　　归回白色里
来时的路漫漫不清了
　　　　　　　　　不知身在何方
拐一个弯
　　　　登上高处
看见山下
　　　　河流汩汩流过房舍
火车驶过
　　　　房子沿着山
　　　　　　　　愈去愈远
更高处

林木疏朗

愈去愈高

不知何所止

总还有人间的炊烟

掠过红屋背上水渍反光

我细读脚下

昔人与雪在地上留下的

纵横的地图

该怎样走下去?

是一段险滑的下坡路呢!

有轻装的新来客

从这里开始

有人从这里结束

有人探首

陡斜的羊肠小径

却步了

我在积雪的小路上

慢慢地走

耳边有虫鸣

有轻轻的

仿佛是融雪滴落的声音

1998，Heidelberg

越南的木瓜树

在阴雨的中午，我们寻路去
展览的会场，也不知是我带着你
还是你带着我，朋友的女儿
总之我们按照你父亲匆匆的指示
在大学站下车，对了，我们看到那些
火红的年代，学生们举起拳头
激昂地喊叫口号，对你却好似没有什么意义
你犹沉溺在今天的忧伤里，好似晨早的阴霾
未散，我们看见檐前积累的雨滴
涨满了剩余的愁怨，随时滴落
你怪他繁忙的日程、每天不停的会议
叫了你来又没有时间陪你，每次见面
总是这样的！你有点后悔来了
我不知该怎样去安慰你，问你要不要
去吃点东西？越南菜，也许？
你母亲最爱煮的是什么越南菜？
是木瓜沙律，是菠萝和虾酸汤？
你摇头不愿说，你抗拒让我这外人进入
你们亲密的饭桌。你说，就是最平常
最平常的蔬菜。这尝试引向某些安慰的企图

318

失败了。你说，你记得她的是那无边的爱心
总是那么不吝惜地把爱给予他人。我知道了
你不满意我问了一个物质的问题，你想我明白
你记得的是属灵的价值，我当然尊重你的
感情，三十多年，你母亲移民离开了
战火的家乡，遇上反战的美国男儿
好似是一个年代理想的结合，战事终于结束
但浪漫的姻缘也来到尽头，我可以想象
离异后她如何孤身在外国谋生，却让你
在那无限的爱中长大，你的懊恼来自
你的父亲，或许同时也莫名地想纵容他爱他
像你母亲那样，在那你从未踏足的土地上
那儿有经历了战火的一株株木瓜树
在伤害里生活下去，刀伤里流出甘美的白色乳汁

1998

问候

所有语言比不上
风的手势
总有颜色
在货柜里变徒劳

想问候城市那边
你近来好吗？
雨下得令人心烦
天怎老下雨？

心里有话说出来
变成玻璃
你看见我
在橱窗练仙得道

想楼下夫妻吵架
传来烤肉味
书看得久了想你
跟别人一起？

心里颜色结冰暗

爱是病毒

网上袭来

毁灭了旧档案

能抛弃累积东西?

对镜问是谁

翻出来新的自己

不知怎开始

植物是有感情的

人可奇怪了

老走来走去

漫长路好弯曲

摸索头发的颜色

问什么季节?

空气里短暂感觉

变化停不住

2000　龚志成音乐　陈珊妮歌唱

下田旅次

夏日早晨醒来有阳光和蝉鸣
静寂里是谁在跟你说话吗？
好似有遥远的电话声，楼梯上
有脚步声，旅舍主人该煮好早餐了

黄发黑肤的女子泳罢归来
带着太阳和盐的气息
开国的舰只搁浅在路上
历史腌渍在博物馆里
看你今天想吃生鱼还是熟鱼

阿婆的小铺里有最甜的葡萄和桃子
大眼睛的金目鲷温柔地看着你
等着你去细尝它的鲜美
观瀑归来，黑夜天空升起点点烟花
引领你去看天幕上的点点星星

2003

登山

我们一直向上攀升
超过了高树的顶端
浓密的树丛，一切就在将来
气象万千那未来是眼睛
还未能到达的远处

有时我们停在中途
峭壁看似无法前进

穿过长长的隧道，黑暗中
一无所见，直至视线的尽头隐现微光
雪山突然以它的面貌惊吓我们
令你回想，你在悠长的过去
做了什么？经过多少堆积与
剥落，历尽多少时日让渲染
落尽繁华，退渐浮现自己可能的面目

那蓝色小花叫什么名字，
那黄色的牛油球，乡下人改的名字，
那纤弱的色点，还未有

名字，随着冬尽雪融化

山底下的草还未长绿

要等到夏天，它们才发展出自己的颜色

远山的雪痕是隐秘的符号

我们面对横亘在眼前的群山

眼睛应接不暇　你可以选择

僧人肃穆的面貌

抑或是少女恍惚的微笑

汹涌的热情不得不化为淡漠

在悠长的时间中

一张脸孔如何在不断的选择中成形

2003　苏黎世

物咏

"随物宛转·与心徘徊"。咏物是心与物来回对话,诗人通过体物观看与聆听外在世界,超越了自伤自怜自恋的感情发泄,塑造理想的寄托。

《谈咏物诗》·1990

花灯

1 室内

用手捏铁线

感觉它变成骨骼

从散开的彩色玻璃纸里

剪出皮肤

别人熄去电灯的时候

我们划一根火柴

燃亮一头蝴蝶或是蜻蜓

整晚徒手造成的粗糙事物

在黑暗中闪烁

我们摸索至桌旁倒一杯开水

谈笑，并且用手牵起

满墙影子

有时烛火燃尽

整盏花灯像山林那样燃烧起来

把它拍熄，我们摸索

另一根铁丝

2 公园

草坡上点点火光

是叶上的白露

有围绕灯火喝酒赏月的人

外面孩子的哭笑

男女的奔走喧哗

使挂在枝头的灯笼

一明一灭了

我们用气球升起一盏花灯

热切的目光

看它去远

一边走过人群

看挂在矮树丛中

谁的花灯造得更美

我们用气球升起一盏花灯

前一盏已经越过高山

升向明月的那方

后一盏

在小山坡上跌下

一个妇人拿着灯笼绕过凉亭

又一个小孩

提着南瓜的脸孔从草地走来

我们用气球升起一盏花灯

前一盏

已经成为星宿

后一盏尚在风中飘摇

3 海滩

我们用杯子盛一支洋烛

让它在海浪上漂流

无穷尽的黑波上

一点白色烛火

随汹涌的波浪晃荡

那样的摇动

有它的韵律

清冷的沙滩上

说不尽琐琐的鬼故事

微风吹动静默

肌肤的清凉间

有人伏在沙上睡去

在另一边

小孩蹲在黝暗的沙堡旁

在潮湿的沙洞内燃起热烛

倒影照沙间一泓静水

沙滩边缘海波依旧汹涌

我们用杯子盛一支洋烛

让它在海浪上漂流

一个波浪把它打灭

辽阔的黑色的海

熄去一点白色烛火

剩下黑暗湿冷的空杯

无声地晃荡

又一个浪打上岸

我们用杯子盛一支洋烛

让它在海上漂流

1975

水果族

我们到超级市场买水果

把桃子和香蕉

夹在煎饼里

从早餐谈到午餐

日子充满

水果的芬芳

把肥胖的玉蜀黍

煮熟了

与牛油和盐同吃

它的脸孔发出亮光

好像很喜欢被我们吃的样子

白菌、红萝卜和青瓜

躺在绿色的碟子上

带着甜甜的笑

蜜糖、乳酪和无花果

跟咖啡一同醒来

舒伸四肢

打一个呵欠

食物是有灵魂的

所以我们不对它们粗暴

对它们温柔

紫色的胖茄子

有重浊的呼吸

它们只是打瞌睡

不要把它们惊醒

当青椒和蒜噼噼啪啪说话

聆听它

它们有它们的道理

红草莓喜欢白色的牛奶

你就让它在那里游泳

它也喜欢我们这样吃它

慢慢地咀嚼

吃得嘴巴旁留下牛奶的印子

不要浪费了那美味

红菜头

有透明的心脉

把切它的手染成红色

落下一锅汤里

把世界染成它喜欢的样子

从粉红到深红到紫红

翻出更多灿烂

而沉默的黄瓜

那我们唤作天鹅的

只是温柔地

侧着颈子看这个世界

带着淡淡的笑

在别的味道中

始终保持自己的味道

它们都有那么漂亮的颜色

芳香的味道

所以不要咬一口就扔掉

不要皱着鼻子

好好地吃它们

爱它们

它们是有灵魂的

即使冰箱里的牛油果

整整睡了一个星期

看来又冷又硬

当别人都忘记了

它又会悠悠醒转

感到一阵轻柔的骚动

要舒伸烫热的身体

骄横又美丽

从核里长出根来

钻破拦阻的果肉

把温暖的颤栗伸入外界的微凉

伸出头来向我们招呼：

早安，生命

1978

旧城的大红花

旧城古老的辉煌疲倦了

西班牙殖民者的教堂传来喑哑的钟声

肃穆的游客在马车上凝视远方

溶进淡褐色照片中求仿古的优雅

但你一旦从那些建筑走出来

沿路的大红花便伸出手臂

左右晃动，挽住你的衣袖

轻轻拍拍你的肩膀

突然在眼前爆放

散落满地

大红花旋转多褶的阔裙

用全身冒险去探索这个世界

在广场跳快步舞

随着正午急促的琴音

探首看咖啡店里人们从奇异的长酒瓶喝酒

穿过喧哗欢笑

应和那大眼睛女歌手的新歌

炎热的下午喝一口清凉的柠檬水

吃一件千层饼

一层一层发现不同的结构

伸出嘴巴去吻格格笑着散开的水花

健康的裙裾掀翻布篷的专制

鲜活的血色使拘谨的眼角变得褴褛了

落到沉默的襟上

把他们变成崭新的粉红轻轻晃荡

带着杨梅的清香还有一圈盐

喝下去唱的歌就不再押韵

诗行变得不整齐，也不讲逻辑

偏喜欢跟迂腐的冬烘抬杠

蓬松满头脏脏的乱发

像一副墨西哥面具那样用黝黑的眼睛瞪着

瞪着那些蹲在那里蹲了许多年也不移动一下的

陶瓮，暴晒在阳光下

即使精雕的瓮也布满裂纹了

旁边生锈的船锚

到垡了就不再出航

废弃的犁耙不再犁田

只做了摆设

放在春天的后院

大红花不愿插在瓶里供人观赏

它攀着篱笆跳高身子

去看另一面的世界

它不愿扮演别人派给它的角色

你看那些纺织和打水的器具

现在都在古玩店占了一个可敬的位置

旧的言语长出一层绿锈

带给它一种派头

只有大红花仍然那么烂漫

相信活着可以更好

它每一刻感应新的变化

在绿叶和蓝天之间认真摸索自己的位置

它善良地爱着这醉酒吵闹的一切

有时它忘记了下锁的门墙

就这样跳跃过去

绊倒在地上

它断断续续说出

新的说话

鲜活的肌肤

四溅的

酒

花

1978

失踪的盆花

晴朗的早晨把你留在屋外草丛中晒太阳
傍晚回来到处寻不着惊觉你竟已消失了

肉色的臂胳曾经硬拙地舒展曾经疲倦地低垂
有时枝头染满尘埃有时在疾风下柔弱地挣开

移入屋内想你有安全的憩息不必惊怕风雨
多日灌溉结出一个花蕾翌日又见徐徐委顿

有一天完全盛放粉红色张开像要向我说话
又一天紧紧闭成黑荚连光的接触也嫌冒犯

有时清风令你受惊阴霾叫你蹙眉你对天气敏感
你如天气起伏有时感应澄明有时你是连绵冷雨

邻居说这是东方的忧愁由于不适宜这里气候
悲哀叫不出你的名字担心你西方烟雾里迷失

本想让你多晒阳光粗壮生长不想却失落了你
如何才能不颠簸于人世的羁绊呢狭长的脆枝

四顾寻找想你在自己白色的盆子里局促地看着世界

只带这么一撮泥土飘泊，同在异国相处又彼此分途

1979

球鞋

球鞋是固执的

直至你开始画它

你从容地

从这里那里拉出一根线

好像把东西从冰箱拿出来

正在盘算今天晚上吃什么

你轻轻碰碰鞋头

犹豫的指头在上面散步

等待它解冻

你用手背来回抚摩

鞋帮子板起的脸孔

你走开去拿一块布

它虚悬在那里

你走回来

用一根线缠绕它

给它带来补偿

一个温柔的肯定

你好似在等待

但你并不焦急

你继续

把食物分开

把洋葱和蒜头放好

打开一个鸡蛋

咬一口番茄

在这里那里弯起指头

勾勒一个轮廓

过了一会

你用拇指擦擦它

轻轻地

然后更用力

抹一抹

想实在看清楚它的面目

把灰尘拍去

把鞋带松开

缓缓托起沉重的鞋底

翻过来覆盖它

手腕压下去

用力把面粉搓好

把它搓成你心中的馅饼

脱落轻浮的粉末

赤裸地在那里颤栗

有一刹那

你好像又离开了

鱼张开胸膛躺在那里

未完的许多线头

不知该伸向哪方，然后——

不

你又回来了

你的心

在指头上

平伏一根忧虑的线

打开一团纠缠的结

包扎一尾受伤的鱼

尾指抹去洋葱的眼泪

双手连起的弧线

有你安慰的形状

让它感觉你接受它的木讷

熨贴鞋子粗硬的后跟

又使它变成温柔

球鞋是固执的

直至你开始画它

1979

朝云夕雾

云雾从海面涌起

缓缓移向内陆

淹上横伸入海的山岬

逐渐抹出新的空白

人在窗前看青白换色

眼前的青绿愈去愈远愈稀愈淡

柔软的云瓣舒开新山如露

无声的白淹到山峰

化成山窝里的瀑布

褶入去隐藏了又翻出来

消失在丛丛绿林里

不知怎的又默默来到眼前

发出潺潺的声音

云雾更浓了笼罩整个山头

缓缓当头渗下

把山峰密密包裹

人在山里看四边涌起的浓白

习见的线条模糊了我是

新拓出的空间里的一片叶子

半带欢欣也半带恐惧

为这新的舒展，向上，也可能掉下

悬崖，空白里仿佛有雷霆的声音

有些蠢动的事物在四周包围你试探你

熨贴你又撩拨你，那些横生的藤蔓

连着整座山，若隐若现

一片叶子生长，进入周围的空白

云雾丝丝缕缕逐渐散去

露出山岭清朗的轮廓

眺望可见丘陵起伏

嫩青的草坡隐藏了苍黝的阴影

茂密的丛林里有稀疏的孤枝

都在暮色中凝重了

人泛舟海上看清明的天空

看远处朦胧山线近处的山颜

深邃的山的胸怀里

仍有潺潺的声音吗？

此刻的山是沉默的

1983

双梨

凉风从外面吹来了
我们同在果盘上，那么接近
又是什么阻止彼此融入对方
本来是同类的果子
没法越过季节回到枝头
我们逐渐被碰撞成不同的形状
重遇时添了岁月的重量
去了青酸，也可以减去苦涩吗？

"我在音乐里听见另一个果子
在突然的梦里碰见果核的眼睛
太相似的形状到头来令我恐惧
你想我像你清爽可容我也酸涩？
镜中重像终要相分何必错置
不要颠倒填入你柔和的弧线
我的确梦想接近你自足的姿态
所以腼腆地移开离你越来越远"

凉风从外面吹来了
干燥的天气，风吹来

这么多个晚上以后我又转向你
你头搁在碟缘睡着了
听不见我叫你，同一株树上
摘下来，我从你嗅到自己的气息
你知道吗？只有心中的汁液
才可以挽救我们自己

　　　　"但周围的事物逐渐离我远了
　　　　一切流逝只剩下朦胧的轮廓
　　　　我竭力阻止自己不要倾身向外
　　　　汹涌的声音内化成为层层沉默
　　　　皮肤瘀黑的斑痕是碰撞的结果
　　　　薄皮下掩藏的汁液随时要流泻
　　　　尽力避免轻易的溅露，不如凝聚
　　　　在彼此的忽视中沉甸甸地生长"

1990

木瓜

你把说话写在纸上送给我
我没有什么可送，写下：

"木瓜！"切开来，那么多
点点黑色的不确定的东西

你说过喜欢吃，但我不知道
话说出以后有没有改变了主意

我每次买了木瓜放在冰箱里
总碰上你不在，是言语的问题

还是木瓜的问题？我只能从
眼见的青黄色的瓜皮上去挑选

我只能在那个青黄色的层次上
回答，并不知道你里面还有什么

里面是什么？认定是甜甜的瓜肉
依普通常识都知道了，剖开来

却总出现了累累的种籽，你不
喜欢，你说最好什么也没有

不要牵连了什么，黏着了挥不去
有时又捉摸不住不知滑往何方

不要有那么多纠缠，不要说
那么多话，我们吃无言的木瓜

好，好！但总有什么在嘴里
咀嚼，吐出一个词：木瓜

你抗议了，说我说了太多话
表皮斑驳，瓢里充满象征

不，真的，我只是想与你
好好地吃个木瓜，但你我过去

吃过的木瓜在眼前这个木瓜里
剖开来又看见了许多新的种籽

1990

凤凰木

在本来绿色的地方出现了红色
随着初夏的早晨连云的海岛
展开在汽车拐弯的地方
你不要我用既定的眼光看你

森林的火焰，细看却是连串
细碎脆弱的心瓣，轻轻跃动
跟世俗的红色也有相似
在某些安好的时刻宁静的角落
朝向高高的天空有拔起的意志
但也常常倚傍房子和车站
也与路人呼吸同样的尘埃

我从天桥上望向深谷
坐在颠簸的车上回望来路
绿山间一弧一弧红烟花
不避市尘四处散落布满山坡
沿路发现你变化的轮廓
从此我也注意鲜明的颜色
逐渐记得你独特的名字

年年在平常的事物上重生

颜色是如何逐渐转变的？
绿色是容忍的温婉？红色
革命的暴力？都不对。比喻
只是限制。我不想把彼此分类
我看见你，想体会你
是从一片牵连的绿里私自翻出
新亮的红花坦然朝向白云？
还是哗笑乱颠的花蕊只因为
游叶顾盼，繁枝无尽的游戏？
在凝望里形成一种想法，汽车
拐弯，又消失了
你与眼前景色有新的联系

也许我总无法如你期望般地
看你，像一树红花那样看你
我也尝探首越过窗框看你生长
说这些花开得跟别人不一样
你执拗地摇晃，仿佛说不外是滥调
重复着滥调，也许我们走向相同
方向，但却避不开前后纠结的阴影
在一个偏颇的弯角枝叶鞭打我的窗子
猛然的攻击里我找不到你的

眼睛，我有时也不免怀疑

这不断对一切摇首的花叶

可也看到我有不同的枝桠

长向不同的方向？

我不要你用既定的眼光看我

1991

洋葱

他们说

洋葱并没有

什么了不起，活该

它近来一再受到批评

尽管像穿着乡土的外衣

它的姓氏听来就不可信赖

成分也不怎么好。剥开一层

又一层，里面居然会没有什么

大众公认的内涵！真是形式主义！

他们结果用严正的言辞彻底取消了

这简单的东西。我这个老在做饭的人

剥着瓣瓣参差形状，并没有明确目标

心不在焉地染了满手辛酸，不想再用

比喻言说，眼睛有点痒痒的，却不

是由于伟大崇高的感情。一层盖

一层，寻常事物都不一样。可薄

可厚，可轻可重，轻微的变化

滑出习惯的模式，日常生活

也需要凝神。你是跟我不同

剥开的过程里也触动了我

那股辛辣爽甜澄明又暧昧

要找新的字词去说分明

怎的却老被贬说太容易

坦开了自己教人看清楚

他们裹着长袍呷茶说

风雅的花事和灯谜

我寻找另外

的文字

1995　初稿
1997　修订

莲雾

我问你的名字
到底有什么意思
你叫我不要追问
对我不会有什么深意
不过是一把声音
枝头遇上一阵清风
记得也好最好忘记

但我记得那些日子
逐渐认识那种味道
从陌生变成熟悉
平淡么可又还在咀嚼
日常的滋味心有甘甜
清爽里连着缠绵
跟别人都不一样

你说有人叫你乡铃
有人叫你蜡苹果
东方名字翻成西方语言
到头来变成别的东西

好奇往往维持不过一季
你叫我放弃执着
移往前面新的果子

我认识你不自今季
一再回来寻觅踪迹
寒冷的日子等你结果
从暗澹等到明亮
知道你变化的颜色
并没有向你要求新奇
只望你继续是你自己

1998

黄色的辣椒

黄色的辣椒
红色的辣椒
我爱你的明亮
照亮了我的餐台
从早餐的碟子上
不由分说地开始
匆忙混乱地结束
刚刚出轨的味道
留下愉快的感觉

你是艳丽的挂毡
你是微雨的小城
感谢你远道而来
进入我的菜单游戏
在浓浓的鱼汤里
散发自己的味道
与平凡的乳酪同吃
增加跳脱的颜色
你是我每日的营养

你是有温泉的城市

你是擅长刺绣的故乡

你是没有桥墩的大桥

音乐里破碎的完整

你借来小提琴的肩膀

古堡里偷望远方的圆窗

可能滑稽但却绝不平庸

你是昨夜的温床

刚好容得下新的想象

在海风吹刮之下长大

你的心可以变得温软

身体是骄傲的灯笼

你是跳舞的木偶

唱歌剧的农民

你有鲜明的个性

但你并不辛辣

你是贫穷的孩子

但你并不寒酸

一窝浓浓的牛肉杂烩里

叫人开颜的片片清爽

你是顽皮的高音

从纠缠不清的植物关系里

展开自己以爽脆的笑容

黄色的辣椒

红色的辣椒

我会永远支持你

对抗平庸的口味

1998

雅芝竹

习惯了把感情收藏

他不像番茄那样

咬破了喷得一身都是

不像榴梿，宣扬强势的气味

雅芝竹是含蓄的

他带着自己的历史

考验你的耐性

雅芝竹，有点不合时宜

看来像盏莲花灯

好似守住私己的教义

放在眼前可没有什么神秘

他不会飞翔，也不像烟花

爆破一面天空，像火箭

改变一天的气候

他沉默地坐在窗边

默默爱上灿烂的黄花

看见她早晨的泪珠、经历烈日

在薄暮里舒展亮丽的灵魂

明白她各种好处

但想她一定更喜欢向日葵

张牙舞爪的蟹爪菊

所以雅芝竹只是待在那里

他是有点慢，有点老派

沉重的装甲赶不上世界的舞步

他细味周围多姿的颜色

可也明白，需要特殊的口味

才会欣赏微带锈边的青绿

潮流和标准不断变化

雅芝竹经过那么多

知道人情曲折，势利或善美

他相信自己还是有能力好好去爱

不过就还是老把自己包裹得严严密密的

不容易看得见雅芝竹青嫩的心

只不过有时一不小心

头上一下子冒出缕缕鲜蓝的花

2008

樱桃萝卜

一枚樱桃萝卜是世界公民吗？
老实说我并不知道
你说当年念完了音乐本来就想回去
读法律的德国同学坚持向你求婚
照片中人多年轻多漂亮哪！
十六岁，正在开始学习弹钢琴
本来想念完书就回去印尼的
那时还未遇到李斯特的学生的学生
那时还未读遍那么多琴谱
那时生活是简单的
那时还未煮出那么多适合家中各人口味的菜

现在你调味把有机日本和德国的菇类煮成两碟
一碟给嗜辣的老顾
反正他又总会嫌不够辣的了
另一碟为了我
这吃得比较清淡的诗人

谢谢有经验的律师先生
从酒窖里找了一瓶法国好酒

与我们分享，自己却浅尝即止
因为还要开车，有顾客要来咨询

我们吃印尼菜喝法国酒
最后还有特别买来的意大利甜品
提拉米素
律师先生很喜欢意大利菜
他当然是世界公民
虽然一向还不大欣赏诗

我们谈印尼菜与荷兰的关系
越南市场里的法国棍子面包
还有够甜够浓的咖啡
食物在旅行和移居的过程改变它的味道
酒在地窖里成熟
鸟在悠长的飞行中消瘦
希望他今天晚上开始欣赏诗

顽固的学者你的老师老顾
老要喝烈酒
老挑战要我写一首诗关于
眼前这枚小小的圆圆的红皮肤萝卜
我过去笑笑就算了，不知怎的
今天倒有兴趣接受这个挑战

也许因为知道它也旅行过不少地方

我老在想昨天看到的 Courbet 展览
诃勒贝克老为自己描绘不同的自画像……
受惊的、绝望的、濒临疯狂边缘的
感情有不同的幅度，对世界
有各种不同感受的层次
我们在其中旅行
靠近叶子的上半部汁多味甜
靠近末端的下半部汁少味辛
若只有小小一枚
适合生吃
磨成泥、切成丝
我们是混酱公民吗？
在口感的地图上摸索前进而已

不敢以为已经跨越
不过是在这里的时候想起那里罢了
萝卜总有成长的故乡
从古埃及、古希腊就开始栽种？
据说起源自中国或高加索南部？
老早就设法解决先民的宿醉、胸闷、消化不良
记得在柏林时去寻找一位日本作家的故居
我无意中拍了一张照片，上面写着：

一个东西南北人

经历了疾病，流徙、失意

我们什么时候变成一枚樱桃呢？

怎也不敢忘记萝卜的一半

2008

风筝与年画

天上飞的叫风筝
地上贴的叫年画

1
历尽沧桑的木板
在动乱的日子
用旧报纸包好
埋在泥里
今日劫后重新出土了
这是到处已经找不到的
杨桃木
拿把子在木板上涂上油墨
大家都不会自家调油墨
只好将就用现成的了
把白纸覆上去
用垫子扫一扫
记得要扫得均匀
记得的——好多年了
你的形象再出现在纸上
对我微笑
只是衣袍上那些细致的丝线

已经开始溃散了

2

把竹杆剖开

刮去竹皮

露出竹青

把它烧成需要的弯度

把它烧成必需的眼睛

一双蜻蜓逐渐成形

曾经在动乱的日子

骨头折断身体揉成一团

在火舌中只听见破碎的呻吟

今天重新恢复了我的老店

家人团聚说着昔日的光荣

屋角搬来簇簇新竹

民间的莲花换上福娃

超人和叮当进入画面

我们迷茫了

不知在门上贴什么

该把什么放上天空?

2008

游艺

我转出来，在眼前的路上
寻找清新的笔墨，让我们
爬上更高的山，离开惯定的符号

《在文化研究所看王履〈华山图〉》·1986

秋林

——题吴凡的《秋林》

灰干间橙色的言语

说新凉进入

大地郁结的眉宇

虬蟠的获得舒展

坚持的任它飘动

于是便有了

这么轻淡如静寂的声音

枝上枝下

微褐衬托灰茫

有叶的圆块

调和枝梢的棱锐

寂寞中以清凉的舒泰为甜美

成熟于枝头和坠落地面的

都说着同样的话

林木只感到不相干

有时枝梢不知戟指着什么

也只是摇摇叶的手掌算了

不想却又见到

一个孩子负着背篓前来

在这里孜孜地收集一点什么

且正低头热切地看着

耙下一两点明亮的颜色

1973

景变集

新的肢体推开旧的风景

蔓伸的根进入

岩层执拗的深处

从那些茂密郁蓊中

挣出石的婴儿

脸上不带昔日的皱纹

时日如颜色变幻

黄与青化入褐紫

岗陵锈红的焦虑

溶入我们的呼息

更多割裂的星宿

更多崩离的山脉

我们且将接受根与枝的分飞

直至破碎成为新的秩序

凝成另一种新黄

新的肢体醒自古老的河床

我们站在这里

看奇异的树木在四周生长

新的町径在足旁冒升

越过那些烟雨和秋凉

如盆如皿的土形

不断塑造我们的脸容

时日与容颜变幻

是谁把高岗磨平

把岛屿剖开

而且把丘陵和三角洲

倒置在梦的那端？

带来洪水和侵蚀的

也给我们的老屋打开新的窗扉

陷落的泥层辗转重组

如神话中切碎的肉球片屑

被风吹成无数新人

我们站在裂缝和光影间久久注视

这些新升起的形象

1974 观王无邪德国文化协会的画展《景变集》有感

东京物语

"濑户内海的七月的午后"

我们可以听见电影院外的雷声
雨已经下了许久
　　　　　　电影里的父亲和母亲
在旅舍里被歌声吵得睡不着
独角兽电影院也有点老大了
父亲和母亲才刚坐在长堤上，然后——
又断片了
"三次断片，一次换灯泡。"你说
我们坐在黑暗中等候
　　"正在驳片，稍候片刻。"
雨声从头顶传来
隆隆的雷声
我想起种种烦忧
等待与落空
不肯定的将来
我该把我的烦忧
告诉你吗？我的朋友
如果我说了，你会听见吗？

雨声从屋背传来

        电影又再继续

喝茶的人回到座位

打呵欠的人坐好

        父亲和母亲在公园里

也许是因为

雷声太响亮

"又断片了！"你说

我们在黑暗中

使人挫折的期待

零落的观众

在一家旧电影院里

从不同的座位

望向前面的空白

   "正在驳片，稍候片刻。"

雨声滴答

电影到头来还是放下去的

我们同意这是一部好电影

        女儿望出窗外

火车在外面经过

      父亲坐在室内

火车经过

     纪子坐在火车上

（每个人继续坐在那里）

我忽然想说什么

　　　　　　（从不同的座位）

又停住了

　　　　　（各自默默的）

纪子听着手表的

　　　　　　滴答

我们同意是一部好电影

　　　　　　　　滴答

连同戏院屋背传来的雷声和雨声

连同生命中的断片

　　　　　　滴答

濑户海边船噗噗的声音

女儿望出窗外

　　　　　　父亲坐在屋内

船噗噗的声音

　　　　　滴答滴答

"濑户内海的七月的午后"

1980

续谈一出不完整的电影

——The Magnificent Ambersons

我们正在谈那出电影里镜头流畅如舞蹈

走过灯光照亮的银器，身旁人们

衣裙微微飘动，年轻人走过

餐桌，越过橄榄的谈笑，走上

楼梯，俯视我们在这下面，接起

话题，纠结在人际关系的网罗中

偶然相对微笑，灯光渐暗，人们陆续

散去，淡出最后一双舞者

还记得厨房里那有名的一场？

当乔治专于自己的餐盘，狼吞

甜美的点心，芬妮在旁边

由婉转而沉默，又从闲谈里爆发愤怒

整整三分多钟，镜头没有割切

评论都说不出我心中对

美好感情的仰望

时代转变了，巍峨的巨厦拆去

马路更宽广了，容纳新兴的摩托车

连同那必然的车祸和伤人，伟大的

安伯逊家族四散了，带同那骄横

无声地没入无名的人群中

是有些什么事物，令自我中心的乔治

悔恨而得救？那是什么呢？

可惜这电影只剪剩八十八分钟

你知道哪些部分是奥逊·威尔斯拍的

哪些不是？混杂了别人的声音

在自己的话里，是的我们只有这不完整

可以珍惜，唯有凭想象的视野

补足眼睛的所见，希望有一日可以驳全

我听他们说一个圈出的镜头

如何划分了雪地童真美景的消逝

一切只是不必要的坚持，一个少女说

一个鬈发男子点头同意，我可不这样想

上一代默默坚持的爱，令人明了

接受那改变执拗事物的力量

一直我只是想，在我们生活其间的破碎中

我如何能传递给你我感觉到的杯盘

刀叉之间那种平衡同情的目光？

是的，调度和剪接的认识都是无用的

除非我能广大而包容它们

帮助了解我们一度抬头看见的凝镜

帮助你在我们的距离中帮助我

在消除你的疑虑中澄清我自己的疑虑

通过不在眼前的破碎而又不稳定的拷贝

从隐晦和误解中开始交谈探入彼此的生活

1980

编按：

《伟大的安巴逊》是由奥逊·威尔斯等人执导，约瑟夫·科顿、多洛雷斯·卡斯特洛主演的剧情片，于 1942 年 7 月 10 日在美国上映。

在梵谷大展场外想念文生

你和我是这博物馆里的两个异乡人

你的伤口灿烂得像太阳

因为你不去粉饰它

我拙于说出自己的烦忧

不愿意随便披挂一个金银的面具

你也不是排队进场的人

站在持有预购门券的人们外面

你不是那些在节日买一本颜色书送礼

星期天夹着一份纽约时报走路的人

那些在精巧的事物间散步

到处旅行为了收集纪念品的人

彼此碰头，脱下外衣交给衣帽间

在博物馆寒暄，文生·梵谷

你和我是这里的两个异乡人

我们是那双褴褛的鞋，雪地受寒

跋涉中磨损，彼此挨近又分开

你只能给出自己的耳朵笨拙的

弧形让别人拿来装饰他们的房子

踉跄走出界线外面不以为自己超越了

你口吃重复说我今天把画像寄给你

你一定要花点时间慢慢看我希望你看见

我更平静了我尝试把它弄得更简单

琐琐声音外我始终听见你沙哑的声音

吞下粗重的悲苦望向自身以外

说在一日这时刻仍然看见青绿

玫瑰甲虫还有蝉在热浪中飞翔

我爱你的高昂从不离开日常的事物

我们其实同样追寻清晰的线条

眼前闲谈的声音逐渐模糊

整齐的队伍变成抽象的图形

组合又分散了，我仍感觉你在后面

凝神对着这世界看得更久更深

你说那里有一张长凳三张椅子

一个黝黑的人戴一顶黄帽

你说前景有一头黑猫

你说天空是淡青色的

1981

从现代美术博物馆出来

从现代美术博物馆出来

可惜扩建的部分一片凌乱

我们看不到安放雕塑的庭园了

该往哪里去呢？有点累

最好找一所小咖啡馆坐下来

只有这些琐碎的日常对话？

只是满地乱放的破木板

和街头摆卖的风景画作

彷如劳生柏拼贴安徽泾县的宣纸

贴了一层又一层：杭州剪纸、

穴孔图、中国花布的碎屑

纯粹为了满足视觉一切都是平面

在纽约现代美术博物馆

我说的东西都不是象征

我只想老老实实告诉你

一直往前走还不如在前面转弯

等你进入银行提款我看着街头

犹太人吃的圆环饼还有热腾腾的栗子

你说好像良乡栗子？一切中国事物

在劳生柏画中只是拼贴

不必寻找意义的深度。等你进银行提款

我在路旁好好看看这个世界的建筑

趁建筑还在。你好像说起

圣汤马士教堂而我们这时已来到

另一座教堂，在斑马线前

等待红灯转绿，在熙攘人群背后

一根铁管噗噗地冒出白烟

热闹城市中央突然涌现的异象

人们照样提着美斯袋子走过

这是圣柏特历克教堂吗？我问

跟着你从横门进去

突然四周变得那么安静

黑暗中闪着点点烛火

你点燃一根蜡烛，你在许愿

你告诉我旁边那儿的烛火

点给圣安东尼他专负责失落的东西

我想取笑你失落的事物但我终于沉默了

你无声许愿完了抬起头来问我：

你也要点一根蜡烛吗？

走出去的时候我举头看一眼天空

天空并不澄明天空阴冷像纽约的街道

我早该知道了还是找个地方坐下来

歇一歇吧我说不如回去洗个澡

把旅行的脏衣服拿去洗哪里也不要去了

你说不如赶五点前再去原始艺术博物馆

我在纽约只看到零碎的现代艺术眼前的路标
并没有信心我们可以找到平面以外的东西
于是又沿着第五街前行转入五十七街
我把旅游书找出来才发觉记错了
不是这里该是五十四街才对
这都不是什么象征只是眼前的世界
往回走时你说我找路没有过去那么精明了
转入这街道才发觉原来要找的地方斜对着
刚才走出来的现代美术馆
这儿的门牌对了，墙上留着牌子的钉痕
告诉我们这些寻找的人它曾在那里
已经不在了，但还留下明显的痕迹
在纽约，走过看见的东西一分钟就不存在
但是我们有时又兜圈回到原来的地方
一头灰鸽飞过地上一摊水渍又回来
我想起刚才，横过马路
看见熙攘的人群背后突然涌起白色浓烟
我们几个异乡人在陌生的闹市
走入一所烛光闪闪的静穆的教堂
点一根蜡烛给一个负责失物的圣人

1982

现在她们展览苍蝇了

艺术系的画廊里

　　　　　　　那些洛杉矶来的女画家

展览腐烂的果物

　　　　　　破烂的衣服

气味

　　　透过一张破网

　　　　　　　　蚊蚋和苍蝇

　　　　　　　　　　飞舞

我走近

　　　又退开

　　　　　走过去

没有什么新事物

　　　　　　　拼贴的爱情连环图

脱衣舞娘的照片

　　　　　血和刀

　　　　　　　走过去

奇怪

　　　这些愚蠢的事物

　　　　　　　　令我想起你

走入林间的小路

树皮都脱落了

这么多的树皮

（总是这么多的破烂）

在世界破烂的边缘

你曾给我一张画

那颜色温暖明亮

不会轻易破碎

你捡拾人家抛弃的

黄色电脑用纸

　　　　捣拌

　　　　　　加热

　　　　　　　　揉合

变成一张粉红色手造纸

把世界的灰色和污黄

转成早晨的云霞

娴静走入

颜色的冒险

这世界破烂的

　　　　　　隙缝中

　　　　　　　蚊子飞舞

你低头捡拾

轻轻缝补

　　　撕破事物是容易的

网上晾着

　　　腐败的

　　　　　果皮还是食物？

飞虫

　　围绕

　　　　展览会场的灯光

　　　　　　　令人疲倦

腐朽是容易的

　　　　　　　现在她们展览苍蝇了

现在她们只绘画伤疤

　　　　　　瘀黑的血和烟了

你说你不要无谓的毁损

暧昧的黄灰中

你仍相信微红

冬日的阳光在背上

时暖时冷

路上这么多树

剥落了树皮

如果你在

你会捡拾

缝补它们的伤残

以一种温柔的颜色吧？

让纸上的小洞

透入晶亮的阳光

落在青青的草上

1982

与蔡仞姿讨论装置艺术及其他

"我正在上课，待会再复电话给你吧。"
对不起，生活令我们早上九时半
无法畅谈艺术。我们无疑都受制于
时间和空间。一幅红岩逐渐剥落
不同天气里隐约的山形从四面墙伸入
室内的云雾，那是咖啡壶的蒸汽吗？
还有烤面包，是了，你吃过
早餐没有？那边有一个座位？
但哪里可以找到一幅比较大的空白
容得下我们心中的画？也许加上
海波的光影，雪花虚实的图画
阳光照在秋天的红叶上，生命里逐渐难寻
色彩艳丽的分秒，令一天到了尽头又再延长
进入隔壁的房间，结果我们到头来
还是在不同的办公室里工作，遭遇
零星的刁难，别人无理的挑剔
回想一些比较宽敞的空间
很难叫人一起看风景去了
我们不会说什么辉煌的金句
或者深沉的人生哲思之类，年月逝去

到头来你只在墙上看见颜色

一切都只在平面上，也许这就够了

这里我不想说有什么象征

今天你布置新居我来参观

大家喝一杯酒，也许喝得太多

张颂仁又有文章要写了

关于艺术和风水之类的问题

大概会发表在明报月刊，我们不写

讨论的文章，我们找寻更大的房间

我们看朋友怎样在不同的空间中

放置每人心中脆弱的木条和纱幕

也许有时在镜里看见自己的脸，有时

看见脚。我也想把我的地方装置一下

开拓游戏的范围，拆开白云四边的

框架，把记忆像安石榴的种子埋藏

长出玉蜀黍的胡子，用来做网

撩拨地板上起伏的潮水和螃蟹

若果你到头来只在墙上看见极轻极淡的

颜色，那不是贫乏，是浓郁

与喧哗的感慨皆已说不清楚了

我从画中的咖啡壶倒每天早晨的咖啡

吃不完的水果就随手暂时搁回碟旁

1985

在文化研究所看王履《华山图》

人们散去，我转入展览馆

感到好像安静下来了，拾级而上

走向深山，你问刚才的文学会议

开得怎样？我们还是不要谈这些吧

山路陡峭难行，走到尽头

却是一片豁然开朗的风景

万壑松风，万顷晴波，真不明白

为什么总有人要把一种山容

定为山水的正宗，我可爱那潦倒的

杂草，那些恣意横生的枝桠

在游人指点的范围以外

那些无法归类的嶙峋，我可爱那个

绘画钓鱼图而受谗，逃隐于寺院的画家

那个一生落泊，激越成疯的

留下了笔墨淋漓的小品

他一定也曾在某个早晨

静看一枚石榴展露自己的面貌

笔笔含情，懂得了生长的辛酸

快要是冬天了，我们

仍然闲步在小路上

不要随便走入茅檐下寒暄

扮作一个骑疲驴而归的读书人

假装那些因袭故事里的角色

不，我不要成为那摹古构图的

一部分，让我避开弯腰迎客的

老松，若陷在那纠缠的网罗里

永远也走不出来，岩巉执拗的

是自闭的蓝图，如何可以扭转

人的偏见和机心呢？

我转出来，在眼前的路上

寻找清新的笔墨，让我们

爬上更高的山，离开惯定的符号

让眼睛随起伏的山岭去得更远

我曾在峰峦奇崛的溪山深处

仰望一钩新月挂在树梢

在绯红的薄暮中划出新痕

怀着对山水的感动令我们

可以独自走入更深的山路

在迷途时盈耳喧嚣的虫声里

庆幸总有抬头可见的天空

我喜欢继续走路，离开了

纠缠的杂影走向疏豁虚明的

烟蓝的石的颜色，我也不知道

这儿是哪儿，仿佛人声渐隐了

但知总离不开外面的牵连，在这山石屏障里稍立片刻，能从一块古碑解读一个世界吗？

1988

废墟中的对话

——题 Chirico 画作

总是这样的。我们在莽莽荒野会面，我们为自己砌好一所房间，添置一些必需的家具，铺排一些残余的风俗，营造一份家的感觉。

然后，逐渐的，墙壁缓缓无声地塌落，窗户消失了，楼梯和花园不知被什么吞没了，路牌和门牌在暮色中溶化了。所有那些让我们感到熟悉，赖以辨识的符号，在新起的晚风中离我们远去，但觉一片新凉。

等到荒野进入我们之间，我们只好再度飘泊，各走各的路。我感到柔软而实在的桌布在我的手掌下面逐渐隐形，好像魔术一样。连同我们早晨喝过的咖啡，中午吃过的水果，我们欣赏过的一副鱼骨的形状，鄙视过的报纸上的肤浅的言词。我看着你逐渐消失，先是你的嘴巴，然后是鼻子，然后是眼睛。

到头来总是这样的。我发现自己睡在荒野的凹坳里，衣服满是绉纹。日出而作，日入而息。逐水草而居。生活里有许多东西散落在以前安居的那些家里，再也没法找回来。那些让你舒适地靠着的座椅，教你好好安排秩序的时钟，那些像亲切围坐的朋友一样的音乐……

然后我尝试去追记，在这一切消失以前，在晚餐的桌旁，我们曾经久久地倾谈过的，我们谈的是什么呢？

1994

静物画

我们经过了那么多宗教的圣像
来到一枚桃子前
感谢你，带我漫游你生活的小城
那里有千年的教堂、森严的古堡
但我更有兴趣想象你每日乘脚踏车
经过小巷去工作，去喝一杯啤酒
到市场买菜，经过一千年的街道
历史的图画涂涂抹抹，在这里
添上一笔，在那里涂去一点什么
我们来到今天的画幅面前
昔日的画师为我们描绘了丰饶欲滴的
静物，我也喜欢静物，由于相近
又不相同的理由，我追寻更简单的
日常言语，清洗那些臃肿的概念
蔬菜果物间并不需要一颗晶莹的樱桃
也够好了，比方你临时张罗煮就的晚餐
菠菜、奶酪和鱼，并不是事物本身
因为事物改变了我们既定的观察
蕴合着感情，引发我们的记忆
创造新的想象，从静止的中心

唤回广大无边的人间脉络

来自不同的文化

我们在博物馆里一枚桃子前面碰头

1994

吴历在湾畔作画

来自古老疲倦的皇朝
向香山索问却未有船期
你滞留小岛上，听海风说
新船已迈进更淼瀚的水程
你的友人该已越过赤道了

沿路寻觅乡音与春耕的风俗
只找到铺花的街上锦衣的女子
你端起笔来，一心超越眼前
具体的市声，回到神逸的山水
你的蝇头外边尽是异地的鸟爪

不眠的晚上似听见有船出海
早上但见渔舟带回午饭的鲜鱼
大三巴教堂阶前摆满红黄鲜果
黑人在街上跳舞，陌生的风俗
随新的颜色逐渐进入你的家常

太平无事的下午，你偷闲
舒开画幅，想要绘画故国山水

阴阳向背的曲折，不想短留

竟变成长居！归途风雨还多呢

你的山树上沾染了新的光影

1999

抽象艺术的起源

一切的开始

都有理由吗？

我就不明白你的城市

为什么老下雨？

为什么老有一扇灰色的墙

在彼此的背后

是由于歌德的颜色理论吗？

我细看一幅蓝色

看见了朦胧的人形在舞动

可不可以用大大小小的图表

去分析清楚？

从哪里算起？追溯到哪里？

我们追随月亮消逝后亮起的晨光

看见城市展露了一个微笑

追随内心曲折的小径

迷失在地图没画上的一区

然后雨就落下来了

这是什么逻辑呢？

老等着红灯转绿

把一件沉重的行李

搬下楼梯，搬出行人道

我们追随地下车的节奏

这会产生新的音乐吗？

仿佛是挥舞的手势，变成了

线条和色团，各有不同的意义

沉郁累赘的雨天的疲乏旅程

这么多人等待在车站里

张望牌子上的列车时刻表

匆匆到站的车影

我欲留住蓝色外衣里

鲜艳的一片红色

2003

我可是个明代的文人雅士？

可以想象我是个明代的文人雅士
生活在那些精致的文玩之间？

黄花梨插肩榫翘头案
青花蛤蟆水注
十八罗汉笔筒
整天坐那儿把玩这些难得的玩意
不必理会外面的党争与酷刑

闲时带着书童，由他抬起所有
粗重的东西，我则选择远眺
山野的好风光：不是松谷抚琴
就是疏泉洗砚
风雅的友人把我细描入画

不知怎的就在历史中留下面容
清癯或肥胖的十八学士
看来活得不怎么耐烦，满肚密圈
或是面面俱圆带着细腻的微笑
让其他人去当反对派

绞尽脑汁去拥有珍贵的版本

或是价值不菲的绿天风雨琴

努力去表示自己

纵使有什么问题至少也不庸俗

总是世代的知音人

让莲鹭纹玉炉的

袅袅轻烟

随着京城的耳语

撩拨散涣的眼神

把大家熏死过去

不管是否又是宰相的儿孙高中

不管谁人被放逐或抄家

专注在一块玉

浑圆的线条

和所有的典故

想想也不容易当一个明代的雅士

庆幸重新建成的檐角和灯笼

不过是旧影投射在一幢异国的墙上

2004 参观 Musée rath genéve: à l'ómbre des pins 松荫闲情:

上海博物馆藏画展,有杜堇《十八学士图屏》等

罗聘《鬼趣图》

秋天里风吹
阳气弱而阴气重了
无常摇着它的丝绸扇
是冲着你来的吗?

大头鬼的头为什么这么大
俏娘子的舌头为什么这么长?
当你用一朵花布下甜蜜的陷阱
正有人在一本大簿上
记下你一生的账目

乱发的山鬼伸出长臂
要抓住那些未能抓住的东西
小鬼跟随一把伞的翻腾
不知被动荡的漩涡卷往何方

风吹向路的尽头
白骨持着箭和沙漏在守候

总有那么多朦胧的地带
老叟和青年,主与仆
痴胖的、骨瘦如柴的

有头发和没有，男的和女的
种种奇怪的关系
氤氲网里缠身的灰带
形成了，扭曲了

在墙角积聚了不知多少日子
冤屈在霉苔中长出眼睛和嘴巴
是墙角蠕蠕而动的形象
缓缓伸出手，要向你追讨
失去的玉钗、心中的珍宝

有一双能看见鬼的眼睛
是一种诅咒
是一种福分
在云雾里看见了星星
在魑魅的阴郁里
看见了人

把纸染得湿透
然后着墨
为了在朦胧中浮现
新的众生的形象

2009 记苏黎世 Rietberg 博物馆跟 Riemenschnitter 教
授看罗聘大展

潘天寿六六年画《梅月图》

二十八岁画竹，虚其心、劲其节，岁寒矫矫凌霜雪
那年，初生之犊来到十里洋场的城市，狂涂乱抹，
只恐荆棘丛中行太速

梦游黄山，以长松承接远近
梦境与现实，点点阶梯由此地到彼地

终于画好那蹲息磐石的墨鸡
想那战火蔓延，离乱的日子，不作指画已三年，何
等荒率！

柏园高士，好养清高旷达之气。辞去杂务，濠梁观鱼，
越过青苔和点点的墨点，也可静赏生
而曳尾于泥涂的同道。

铁铸的山岭、险径——
谁不曾时在梦中堕入深谷。

黄山始信峰头的古松
郁勃髯髯，如何描绘千年奇物的神状？

不同心情的焦墨，雨后千山铁铸成，以焦墨试作米
家山水，孤冷澈骨。
亦可黑白求致，山树间留下寒白似积太古雪，岂不
亦可炎暑中追求清凉之乐！

芭蕉、野藤和蛛丝亦刚亦柔地推进，可是引向石崖上
栖息的黑色八哥，
崖顶聚息，也容张望不同的方向？

兀鹰雄视，睥睨群山，镇住了岌岌的巨石险图。

铮铮的铁骨，强悍的硬线，时时好似要折短
——要屈从一幅新裁画面的布局？

也画帆运新安江西铜官铁矿石，一笔一墨间无处不
现粗鲁矣，奈何。
松梅之间也尝画上阴阳向背的"和平"鸽群。农民
争缴农业税。庆丰收。暮色苍茫看劲松！

夏塘里的水牛，背上堆墨浓重，半浸池塘泥泞，牛
角缠绳，不服气地直瞪着我们：为何要是落得如此
下场？

风雨欲来，再一次磨墨，以指头涂抹冬日的寒梅。
难再濠梁观鱼。

熟悉笔墨的虚实、穿插、斜正与开合，是有私人的气韵节奏。但在那外面总有更大或更窄的构图框架，更大的风潮要吹乱画中的主次疏密。

指头尽蘸浓墨，暂忘窗外的风雨。以老辣的墨线，勾勒老干佝偻盘曲，千百年的雪和苔锻炼了苍古不坏的身躯，在冬夜独有新发的梅花静静开放，向望未尽为暗云抹盖的月色，也仍受月色眷顾。

只沉入画中的境界，也不知，也管不了：能否待得春天到临？

2012 观潘天寿回顾展《墨韵国风》有感

古籍

在传统的文类中，有关仙灵的诗文及
"志怪"的故事多述及幽灵妖魔，及周
围山谷河川的世界，作者亦多借此表达
自己对事物的观点与感情。

《城市文化与大自然》·2009

我想过写一本新的《诗经》，追溯那种
朴素美好的想象。
……《诗经》是中国古老的一本诗集，
里面也有许多诗是关于植物、草药、食
物、酿酒、布料、纺织、人情和社稷。

《普罗旺斯的汉诗》·2012

志异

菊精

我举杯敬你
你老是不醉
你清秀的眉目看见
一个更辽阔的世界
我在寻找佳本与异种
你说没有不好的蓓蕾
只看怎样培植和灌溉
你到底是谁?

你住进我的南院
捡我拔弃的残花
把庸枝种成异品
我以黄花为清雅
你贩花却并不伦俗

你一再改变我的想法
你的神秘我无从讥讶
你到底是谁?

我举杯敬你

你老是不醉

我爱你喝得痛快

我爱你活得畅快

让我亲近你磊落的胸怀

你来了你走了你摔倒了

怎么只剩地上一堆衣裳？

你化为拔高的菊的形相

你到底是谁？

你有我向往的形状

你枯绝了又再茁壮

我愿从今日夜灌溉你

守候你结出酒香的花蕾

说不尽的话在我心里

饮不尽的酒用来浇你

你永远都不醉

1999 取材自《聊斋·黄英》

蟋蟀

爸爸，不要再对我生气了

你们也不用到处去寻找我了

儿子要化身成一头促织
报答父母养育的恩劳

儿子笨若木鸡静伏不动
却会张尾伸须拼斗庞然的敌人

在那些覆过来的手掌底下
我会变得虚若无物

在那些举起的手掌之下
我又再超忽跳跃

我学会在公鸡的爪喙底下逃生
我学会跳上鸡冠腾击反败为胜

每临琴瑟之声应节而舞也没有什么
为上官带来名马衣缎的赏赐也没有什么

我本来是不懂厮杀的
我本来也不喜欢活在笼里

我明白你们要凑够数目向上进贡
就让我做你们的蟋蟀吧

你们也不过是要应付上官的严限
就让我做你们的蟋蟀吧

不要为我哭泣不用为我悲伤
我不会怪你们你们有你们的难处

我知道你们头上也有覆过来的巨掌
我知道你们也要面对锋利的爪喙

1999 取材自《聊斋·促织》

良夜

今夕何夕？遇见了这样的嘉客
我不知道你从何处来往何处去
听你谈吐好似知道另一个世界
你从千里外的西湖召来了娟娘
美艳黄衣仙女为我们高歌一曲
你的笛声伴奏为我们洗去尘垢

今夕何夕？遇见了这样的月亮
你从空中唤来了佩羽翼的彩船
让我们乘习习的清风飘上青天
飞渡云霄降落千里以外湖水中

听见好似不是来自人间的管弦
欢然对酌与来往船舶飞盏送饮

今夕何夕？遇见了这样的女子
令我依恋徘徊，仿佛情意萌芽
舟中订了盟誓，又似人随短曲
消逝无踪，只余我振辔至岸边
但见人船俱失，斜月偏西
曙色渐明，顽马变回人形

1999 取材自《聊斋·彭海秋》

诗经练习

隰桑

街头红砖的房子之间
那么多不同颜色的伞
忽然碰见了你
四周颜色多么明亮

微雨的路上
反映湿冷的灯影
忽然遇见了你
光影里有说不清的话

刚下过雪的街头
到处是斑驳的黑白
忽然遇见了你
四周的车声远了

细雨中的灯火这么炽热
为什么不直接倾泻
还是藏在里面的好

每天温暖着心头

2006

卷耳

我摘着豆芽
想为你做一道春卷

窗外漫天的风雪
电视上说航机都耽搁了

隔着汪洋等你的电话
不知你到达途中那个城市

我剁着红萝卜丝
我把木耳细切

窗下积雪的街道少有行人
电视上说两地的机场都要关闭了

做了一半又停下手来
老半天做不成一道春卷

这时你来到一个陌生的小镇
伸出手触到玻璃的寒冷

2006

七月

七月里高罗岱驾着摩托车
　　　从巴黎出发南下
七月里高罗岱来到沙可慈
　　　决定留在这个地方
八月里他找到一所美丽
　　　但有点歪斜的老房子
九月里他开始去填补二楼
　　　地板上的大洞
十月里他更换所有的水管
十一月他弄好一个
　　　悬空的卧室
十二月天气开始转冷
　　　要是没有御寒的衣服
　　　怎过得完这一年？

一月里高罗岱修理铁锹

413

二月里高罗岱举脚踏耙

　　　把土地耕松

三月里播种西红柿

　　　还有马铃薯

一位姑娘手执箩筐在隔邻的

田间小径徐徐前行

春天日子渐渐长了

两旁柔软的叶子逐渐绿了

是什么鸟儿在叫

空气里好像有点什么

七月的蟋蟀在野外

八月在屋子里

九月在门窗上

十月的蟋蟀

　　　叫到了床底下

一月的山头戴了雪的帽子

　　　高罗岱补好了屋顶的疵漏

　　　高罗岱有一床暖和的被窝

二月里高罗岱从摩洛哥带回来

　　　挂毡和彩灯

　　　自己造了灯罩

三月弄好了管用的浴室

四月里田里的菜长出小花

五月里蚱蜢在绿叶间跳跃

蝉在枝头起劲地叫

高罗岱修好了结他的弦线

弹起彼德西嘉和活地居菲

七月里高罗岱参与了

村中的节庆

七月里高罗岱用他的老结他

弹出许多老歌

七月里高罗岱用他的老结他

弹出许多好听的老歌

2008 初稿

2009 修订

鸡鸣

灰蒙蒙一片

鸟儿的声音

三三两两点捺

是渡船吗

是杨柳还是货柜码头？

遥远的白线

灯光熄灭了

阳光还没有出来

她说：天亮了！

他说：还没有呢！

看不见星了

她说：尽是汽车的声音！

来不及了

事物在转变——

更好或更坏？朦胧的轮廓

我们被迫参与防守的列阵

或无谓的迈进

本来不是这样的，但如果

没有本来呢？

云层后有什么操控着风云？

没有什么是属于我们的

零星的聚散

没有什么依傍

更高处鸟儿的声音

没有点染你

心中的

弦律

涌起

我们是依偎的野鸭

是雁

飞过

山峰

不完全是山峰

楼宇

不完全是楼宇

闪避攻击

我们能继续依赖

脆弱的温情吗？

若我们逃逸出

熟悉的语言

何处是我们的

安顿？

说不出的孤寂

灰蒙蒙一片

他说：好似听见琴瑟的声音

她说：是邻居装修的吵噪

该起来了！

不，他说

让我们永远相拥

沉回梦乡

澄蓝

浅棕

墨绿

未成话语的

山水

2008 初稿

2010 修订

关雎

雎鸠水鸟关关地叫
在河岸的那一边
窈窕的姑娘
是我们早晨的思量

长长短短的荇菜
左左右右总捞不到
她来自不同的家境
她相信不同的神像

长长的夜里时睡时醒
翻来覆去总不到黎明
她阅读的是不同的文字
她喜爱不同的图像

长长短短的荇菜
左左右右总捞不到
她相信的是另一种价值
她追求另外一种人生

这么美好的姑娘
弹着琴瑟想跟她交朋友

她喜欢的是另一种音乐
她沉迷另外一种节奏

雎鸠水鸟关关地叫
在河岸的那一边
我这边背着的太阳下山了
窈窕姑娘想着初升的日头

2010

硕鼠

大老鼠呀大老鼠
不要吃光我的小米
已经供养了你十年
你可从来没照顾我
大老鼠呀大老鼠
不要吃掉我们的绿树木
不要吃掉我们的青草地
不要吃掉我们的蜜蜂和蝴蝶

大老鼠呀大老鼠
不要吃掉我的小麦
我已供养了你二十年

你可从来没照顾我

不要吃掉街角的杂货店

不要吃掉已经逃上二楼的书店

不要吃掉婆婆熟悉的老街市

大老鼠呀大老鼠

不要吃光我的菜苗

已经供养了你三十年

你可从来没照顾我

不要吃掉我们的居所

不要吃掉我们的空气

不要吃掉我们的自由

大老鼠呀大老鼠

已经这么多人搬走了

不能这样下去

我们一定要设法对付你

2011

问候

但愿你还在这儿，温和地微笑
回答我无尽的问题
关于人生中各种飘浮的字辞

《边界》·2006

五月二十八日在柴湾坟场

——给庆生

跨过凌乱的木板和泥潭

来到犹未修葺的新坟

看你整理鲜花

并端容鞠躬

便想起你那时说

怎样在夏日的傍晚

与父亲躺在门前乘凉聊天

现在傍晚山上的凉意中

有亲情的人间

后来就走下来，转进

殉难士兵的坟场

墓碑整齐地排满地面

但我们晓得墓地中没有死者

而活鸟的啁啾更响了

同一大幅青绿上

不同年份的石碑

只有我们走过

感觉足下的柔软

看齐排的植物不规则地生长

一些早上盛开晚上零落的红色花瓣

你叫它"落地生根"

非洲菊杂生的叶丛里

忽然有枝梗的手举起一朵花

在这生乱与死寂间

我们俯首向一丛绿色的长叶

找一朵风雨兰

那种感应风雨绽开的花朵

1973

送唐娜与唐纳

当我们谈笑的时候

你背过身，蹲在书架旁

找寻衣鱼灰烬的身体

抹去它

像抹去页边一个字

而我就说：

当你离去

这么多的书

这么多的画册

搬不走

该怎么办？

我知道

一翻动那些书页

尘埃弥漫

你又要咳嗽了。

越过百叶帘的隙缝

是民新街灰棕的屋宇

一辆墨绿色的货车

红色的字

你蹲在书架旁

说拆字成火

我又看见你把丝印的绿色

像衣裳那样晾在厅里

然后折叠

放在一包黏土

和泥人玩偶之间

这屋中

怎么总有这么多纸屑？

节日里我们一起制造的花灯

不知搁到哪儿

它们或许已经破烂

你没法把它点燃

照亮你将走的路

所以当你在门边

凝神细读剪报

说那些字体有时清晰

有时模糊

我想叫你不如把废纸放下

你知道

一翻动那些书页

尘埃弥漫

你又要咳嗽了。

昨天深夜我们走过看见你们的灯光

知道你们仍在工作

夜深时

当电单车的哗叫静去

我们在不同的窗前

试听同样的蝉鸣

今日一个早晨的风雨

现在又是天晴

我把破了的伞

当做捏皱的废页

弃在门边

你问起天气

我也不能预料

你要在路上

才可以感觉它

只是当你离去

这么多的书

这么多的画册

搬不走

怎么办？

壁虎疲乏地爬过

百叶帘下旧书的峡谷

你如果彷徨，不如聆听

窗外一个老人正在叫唤

他只带一块磨石

就磨尽一条街道参差的刀剪

1975

给一位住在洛杉矶的友人

我在洛杉矶总是迷失方向

这么空阔的虚无

在公路上飞驰是痛快的

然后驶入都市的烟尘

被芜乱的灯色

推进狭窄的横街

你的汽车就闹别扭了

它停在那里

　　　　　不愿开行

你和你这暂时的伴侣

有一场例行的吵架

你说："每次有人来它总是这样的。"

你又说："它就是要跟我作对！"

我们坐在车里等候

在繁乱的街头静观风景

你知道它什么时候闹完别扭又再开行

走入我不认识的街道

有一次，在西区

当我们停在马路中央谈天

那个热心的外国人一定要

427

我们面对世界的难题：

"是水箱吗？是水箱吧？"

外国人是实事求是的

他对我们的冷静惊奇

他不了解中国人如何运用忍耐

去对抗一切阻滞

我们把它推过一旁

去吃一顿晚饭

回来时

它显然又心情好转了

又再带我们走半小时的路

飞驰是痛快的

在日常的钟点里

往往却充满停顿

你说事情就是如是

你已不计较

有一次在唐人街

（你坚持走一条熟悉的斜路）

它突然沉默

　　　　　不肯再走

幸亏路过的人帮忙

把它推到横街的面铺前面

唐人街总有那么多食物馆子

狭窄的书店堆满花花绿绿的刊物

杂货铺里层层叠起

所有由琐碎变成重要的物质

不同国籍的汽车

在洛杉矶蹒跚走往各自的目的地

我们没有目的地

停下来便停下来

开动又再开动

你敲敲它的天灵盖

说："早晚要把你卖了！"

不管它到底伴你走了多少路

你坐在那里等它开动

你似乎已经熟悉一切

不再急躁

我们在横街中央

悠闲地说起旧事

一个人总是很难把心爱的土地和人物

扔进一辆汽车的后座带着到处去的

"再试一次吧！"

汽车又再开动

转上公路

飞驰是痛快的

在洛杉矶我总是迷失方向

多谢你送我们到火车站

每次想起洛杉矶

芜乱的大都市
我总是想起你和你暂时的伴侣
有时停顿，有时飞翔

1978

看李家升黄楚乔照片册有感

有人在电台说这是一个历史时刻

你还在举起你的二手黑白宝丽莱

拍摄我们看毕录影带又再争辩：

那如今失落在繁华都市的京剧老生

他个人的感情如何可以更好地连起

历史？我望出窗外看见灯火伸展至远方

今天晚上我们看了很多东西：骆笑平

铜版画的黑白花朵，放在洗手间的半截

麦显扬雕塑，还有我翻过一张又一张

你们的摄影：腼腆的中国孩子

站在亭子前面举起手："朋友们！"

一尊领袖雕像举起手，在放飞剑

幻灯机打出岩洞里千年的石刻

（谁站起来，挡住了我们眼睛前面

飘扬的旗帜，投影令历史变得可疑？）

你说那些图形是个人抒怀，还是祭司反覆

沉吟，不知如何刻凿族人的希望与恐惧？

雨线间有朦胧的形象，是婴儿诞生？

你们的孩子也快三岁了，真结实，趫过

上一代错综敏感中西混杂的艺术

笑嘻嘻绕过客厅另外半截断肢举起手

朋友们，我整晚翻阅你们的照片册

没想到你们留下了这么多生活照：

第一次诗画展，第一次

回国，好奇的镜头东张西望

尝试了解一个褴褛的孩子

有些翻天覆地的事情发生了

朋友们呢，在这儿结婚、

生孩子、失业、离婚

又再遇上一些未知的际遇

旧照片提醒我们不要忽略了个人细节：

第一次商业摄影，第一次搞设计

木刻版画展，第一个女儿出生……

政治变幻不定生活照片却是永远的

从好奇的摄影机到包容的摄影机

重叠了商业色彩进入我们严肃的底片

构想的图像到头来又改变眼前的产品

你头发越剪越短酒越喝越烈

从怀疑的摄影机到平和的摄影机

你以你的方法在家庭摄影册里记录了历史

我的照片失散了，我们的过去模糊不清

直至一张昔日的照片提醒了我们

这时我望出窗外无边的黑暗

框里灿烂的灯火点点，冷冽、零散、熄了

一些，又再亮起另一些，直至镜头拉阔
告诉我们这风景里有人，有可以生活的
空间，不仅是硬照里一个意象，回环
再生，溶入不同的时间在流动里变化

1984

风的故事

——怀念伊文思 Joris Ivens

在风车下长大的孩子
说有一天要到中国去
九十岁了这白发老人
坐在世界的屋脊等风

年轻时带着摄影机乘风来
捕捉一个国家年轻的光彩
多年辗转如今迎风又当前
哮喘老人面对哮喘的大地

曾经不断翻新自己的山脉
更新沙的纹理稻河和麦浪
现今官僚的路障令人蹇步
镜头无法拥抱民间的艺术

污渍窒塞如何可以再舒展
小孩伸手摸索老人的脉搏
眼光越过喧嚣叫卖的市场
宽厚呼吸把蜈蚣吹送上天

逝去了但总与我们同吐纳
个人气息牵动民族的经脉

银白的发丝挽住山川同待

大块噫气终会把腐叶吹散

1990

柏林的地址：Storkwinkel 12

—— 给顾城

我们分享了共同的地址

不同时间同栖于异国的园圃

到头来终于结出不同的花果

我们如何阐释悲剧？

我以戏谑自嘲，你以利器自戕

割断自己和世界的关联，但我时在他人水镜中

看见你的花月，我们也不是不可能变成你

戴上同样的高冠，内心变成不可言说的

一片泥泞，那片花园也许永远不会

在我们的视野中展现，如何选择？

招展成为风的宠儿，还是做

丝丝永远落魄的弃絮？

我听见你走下楼梯，你听不见

我走上来，一个无形的人，有异于

你响亮的异行，我尝试在四周喧哗中

说出自己而无法仅是自己

更痛地知道已经切断了共识的脉络

当我在深夜书写，独对几盏灯

知道也有你埋首在阁楼的某处

徒劳地打碎字辞，你永远

看不见我，我看见你
当我进入另一种文脉，走进另一个
陌生的房间，那被诱变成怪异的自己
面孔上挂着你的眼睛

你并不特别童话，我们也不就是商贾的账页
我避免朱砂笔激情如血的点评，耀眼的
修辞，我知道我们永远不可能成为别人的
代言人，尽管我们也曾希望通过你
寻见其他，但我更看到彼此不同的叶脉
不要嘲笑我们的成长里缺乏血祭与斗争
太容易夸耀那样的履历，受压的弱枝可变
夺命的阎王！在边缘我看到失去故事的女子
死去了再死去一次，当神话的传播与建构
参于经营残酷，矫情与谎言强把个人回归了
种种家园，飘泊的异叶需要更大坚毅去抗拒
歧异被收编，变成可接受的一叶浪漫传奇

1998

有关翻译的通信

我们曾来回讨论有没有一个句子
可以带出那种逐渐疏落的感觉?

在环境的安静里找心的安宁
在艰困的日子摸索生活的底线

在虚渺的句子中找到现实的细节?
在实在的描写中看见一点空白?

你的细问令我检视自己
用的字眼经得起按脉的指头?

我在静默中想问候远处的你
经重重的手术正逐渐康复吧

各自经过了悠长的逆境, 拒绝
轻易的字眼叙说身心的感变

在没有解释的地方, 尝试体会
另一个人没有说出来的那句话

独自放弃累积的部分，更换
自己，面对零再重新开始

一个新的生命，永远连接着另一个
孤独的人，原来在沉默中思想的话

保留前面未说完的，引向后来
不是结果，还有推论的过程

谢谢你与我一同走过这些弯弯曲曲的路
无言的彼此商量走出弯弯曲曲的句子

2000 年初 给 Martha，祝健康

维也纳的爱与死

—— 给顾彬

我们在宽敞的回廊散步
看那些可敬的塑像
各自长着不同形状的胡子

有阳光，后来就下雨了
"人们最后达致的形相
唯有凭借爱才可以完成"
你说爱情如何影响了
那些不同形状的胡子？

我们要在过去解剖尸体的
大课室朗诵鬼魂的诗
你待会要和我对谈，问起
历史、死亡和……如何再生？
现在你不知怎的老谈着爱情

走过世纪末门廊，怎样的爱情
令大家变成他们最后的样子？
你今天变得轻快不再凝神？
我看咖啡室镜子里的反映

微笑可又变沉重了，端看谁

带出了我们的残酷和仁慈

一尊女子的雕像

你环绕观看

看出许多不同的形状

一尊缪司

一尾蛇

无声在脚下蜿蜒

我们要在大众的课室剖开胸膛？

公开说出心中隐藏的话？

不经意流露的诗行

经生活种种伤害成形

我们写诗

我们爱与被爱

我们的容貌

经过阳光经过雨

经过爱

一点点地改变

一尾蛇无声蜿蜒游过

2000

岁暮怀闵福德

凉风起自天末
你那边的天空怎样了?

听说你们遭遇了水灾
君特失去了好些书本
生活在山上有它的考验
峻峭的山壁突然涌出洪水

羡慕你离开了千层文案
从此再没有开不完的会议
不必审批毫无意义的计划
应付官僚的鸿文和备忘

经过阴雨又会再是天晴
巴巴拉守着七十五头羊
丽曹和罗拉交了新朋友?
你们的橄榄树有收成了?

离开了中国更接近中国
拔地崇山通向奇诡的视野

也许从此你更可以专心
在灯下唤回聊斋的鬼魂?

你在南法阳光底下
我在岛上处处烟尘
何时再来一瓶红酒
围桌细论诗的文字?

2000

山谷里的房子

　　　　——给 John 与 Rachel

晨起信步走到屋后的空地

看林间挂的吊床、暖浴的木屋

绕屋而行看见了另一个小小的露台

另一道门，楼梯通向另一个暗角

参差的菱角随建者的心思转形

三十年前一个年轻的嬉皮想在世外牧羊

要把废弃的羊栏脱胎换骨

　　　　　　　　保留了不知通往哪儿的阶

级

卵石砌出了龙骨

　　　　　凭空添了阁楼

　　　　　　　　无穷的空间有待年月

来填充

如今的主人又再添了中国的檐瓦

在南法葡萄的夜晚翻译山东的狐仙

今日书成桌上，一众围坐屋外喝茶

黄昏在花园里望见墙外山顶的余晖

画葡萄的孩子会长大，睿智的长者

期待岁月下一轮丰盛的收获

太阳很好，今年的雨水有点不够
豪雨的时候屋子又会水淹了
"有人去通渠了吗？"
女主人打点晚餐
　　　　　挪动桌椅的坐向
等房子如好酒酝酿成熟可真不容易

晚上我睡在大钢琴的旁边
高兴旅途中作客有个憩息的角落

早晨信步从屋后走上山
回望山谷里挡风的树叶蔽佑了你的房子

2006，Fomarty，Tuchan

为朋友的食经写序

——给叶辉

带着你的文稿经过查尔斯桥
想今天该买什么菜，看见了花蟹
就不知有没有糯米和腊肠、冬菇和虾米
若有，也许可以凑合做一道红蟳米糕？

有蛤蜊
欠的是携酒而来的友人
味觉的狂欢
往往需要比食谱更大的想象

吃辣吃出了满头大汗
吃粥吃出了满腹沧桑
吃过苦头吃过冷嘲再难附和流行的食事
也不想尽吃鲍翅瑶柱的高雅

难得与明丽的新鲜瓜菜相逢恨晚
想在炉火咕噜里听见蛙鸣和雾湿
想有一种久违又亲切的味道
唤醒了沉睡的感官

想象一个最悲壮的进食所在？
想象一场最缠绵的进食过程？
也许到头来不过是寻找一个懂得的人
不会把春韭做老

用筷子拨动睛雨山水
从热汤里可以看见云霞
什么时候再共赏一樽好酒
细论嫩芯的茄子老去的黄瓜？

避开庸手自煮满桌的新味
细嚼散文的厨艺与诗的火候
让我从旁帮忙细切葱蒜
带出你调理的真味？

2006

吉石大道五十号

亲爱的家升与楚乔

多谢你们邀请我来参加

新画廊的开幕礼，航机依时抵达

却早了两个月，吉石路四十八、五十号

还在进行装修工程，没关系，我们在心中

互相见证彼此生命中的重要时刻

尽管科学的时间并不一定与我们同步

总有参差，就像之前我整天尝试跟你先进的

电脑系统沟通，但它们太先进了

独自完善自己，并不情愿与我对话。

就这样不也很好吗？过去都拆散

分布在地板的不同区域

电掣切断旧的纠缠，重新建立新的联系

房子正处于一种开放的状态

地板不怕坦露了心中的窟洞

屏障和防御的门户有待完成

我们从昔日的灰尘里发现自己的鞋印

我们从不完整的状态中张望

却提供了更好的角度，从二楼

透视未来的三楼，回顾地下的昨天

原先沿街寻找看中储物的小室

没想到要连起三层的画廊，从嬉笑开始

也可以变成责任，够沉重的

这么多个不同的房间：在其中一间放逐伤感

在另一间忍受疾病的痛切，一间里有

幽灵和风水的玄秘，另一间是

子女成长的家常

原来的房间拆去又组成新的图案

我们在地板上攀石，风帆航过天花板

在水管上走单杠，在窗缘倒竖葱

不同的房间里我们表演的杂技没有冷场

要把一切过去拆掉（还是要保留

一扇优雅的大门）以便更好地移进未来？

每天看工程的进展总跟心中的蓝图互有龃龉

在不同城市装修工程有不同的进度与价钱

在逐渐成形的艰困中，衡量如何

把握分寸，不知小岛上艺评的朋友到头来

可会明白：好的艺术不见得就是反讽？

要转移一个地方的风向谈何容易

失望的游牧逐水草而居

当文字变成怪兽，在网上搭起帐篷

大家用数码化的语言沟通，却好似

又听见了昔日迟缓的耳语？

把窗子连同杂物看成一个丰富的盒子艺术

那就永远有新的展览

不管面对朦胧或尖锐的镜头

你是大事曾经在此发生的现场

当你移动拨鼠

你是远方想象的水流

你是携带最多杂物的红白蓝胶袋

你是男女老幼的乡音

不能在这个房间产生的

就在另一个房间完成吧

你们在玩魔术，一直玩下去

随身带着许多盒子的房间

一个消失了又变出一个新的

2006

颂诗

颂是对当世素质的肯定，以及广为传扬
的公众性质。我在研究诗学之余……
在求学和生活中，在挫折与否定之余，
也追寻过不少我尝试肯定的东西，所以
一度也试写颂诗。

《关于颂诗》·1995

雷声与蝉鸣

雷声使人醒来

现在雷声沉寂了

滂沱大雨化作檐前的点滴

然后又响起一阵蝉鸣

等待是那鸟的啁啾

断续的穿插串起整个早晨的怔忡

还有鸡亦啼了

钢琴的试探和安慰……

在这些新扬起的声音中保持自己的声音

蝉鸣仍是不绝的坚持

窗外一卷破席

和弃置的棕色水松木上

放着红花盆

没人走过斜坡

树下灰白色的麻石

结出水光晶莹

深浅的绿叠到远方

化为红花的末梢承受天空

黎明清新的空气中

音乐流转

会再牵起另一场雨？

等待着那来临的

不晓得是否受阻于闪电与雷霆

一条泥泞的街道

把雨内和雨外分开

室内是安宁的

书籍、画片、信札和钥匙

能把芜乱的世界隔在外面？

然而一旦回头

又仿佛听见门边有喘息的声音

并没有什么，只是

雨的绰绰的衣裙纠动

再一次去而复来

丝丝小滴里包含着生的蠢动

一头牛走过，低鸣

一个女子走过，摹仿它的鸣叫

然后雨再剧密，成为更响亮的声音

但牛仍然站在树下

黑色皮毛反映着湿润的微光

固执地低头吃草

在迷蒙中

某些山形坚持完整的轮廓

生长又生长的枝桠

接受不断的涂抹

雷声隐约再响

蝉鸣还在那里

在最猛烈的雷霆和闪电中歌唱

蝉鸣是粗笔浓墨间的青绿点拂

等待中肌肤上一阵清凉

因为雨滴溅到身上

而发现了那温暖

1973 长洲

树

阳光照在
流动的溪水上
一片片
透明的鱼鳞
黏上树兽的倒影
俯首喝水的
随时要仰起头来

这么老的树
砍掉了
空余粗拙的树头
年青的
又在上面生长
都交缠在一起
烂漫的根不会断
盘入泥土深处
吞噬了石块
又在上面吐出
青青的嫩叶

走不完那么多树

走不完那么多年

棕灰的枝桠插向天空

云雾只一会儿

一株树

好几千年

在断了的地方接起

卧下处

长出根须

钻入浮沙和坚石

缓缓地把世界撑开

把碍路的虫豸

压成灰尘

参天的巨木下

遍体清凉

整整一段路

阳光在林木间

参差照入

鸟声沿着光

杂草在背光的地方生长

大树扭过头

倚着大石喘息

过一会，它要继续

走青空的路程

脚蹬着地面

头昂得高过山峰

树的纹理上有波涛

阴暗的肿疣外

冲积大片苔绿的新地

经过一朝雨露

阳光照着树干

生出一缕白烟

1976

盆栽

阳光把盆栽投到天花板上
一个虚幻的影子

盆栽是真实的
虎尾兰温暖的叶子下
翻出红花，委顿了
又生长，冬叶
几块枯萎，几块鲜绿
焦褐的卷缩
像焚成灰烬的纸箔
青葱地打开自己，让你看见
巴掌上人字的长纹

只是那淡淡的日影吗？

仰首看半个椰壳悬在窗旁
绿枝不用依傍铁框
垂下，又昂首
如鹅的颈子，向广大的空间
汲水，温柔地转首

拂过，又没触到什么
有时阳光使幼丝
变成透明，当你怀疑
你在陈旧的绿色空框前
失去它的踪迹
当你相信，你见它生长

阳光缓缓移动
只是壁上淡淡的日影吗？

有时在破晚的窗前
从暗处，隔一列盆栽
望向外面逐渐明亮的绿山
我也曾怀疑
盆中短暂如蜉蝣的生命
当远山的竹林有焕发的光
盆栽仍有阴暗，我也曾厌倦
耐心等候，那局限的泥土
琐碎的腐叶
但仍有清晨的风吹，黄菊生长
舒开鲜明的脸庞
沉重的紫苏叶
也终会翻向
白云

到正午，便有阳光把它照遍

关切的人垂首细看

安排的手，接触的温情

那在阴暗里转出明亮的心

灌溉在小小的盆栽上

当微风吹来

它也颤栗

语言噙在叶尖

感觉在空气里

影子时隐时现

随着阳光

因为对一株植物

的信任

拂去蛛网的封条

心的硬蕾，冷落了这么久

突然地怒放，因为

对另一生命的信任

思念逐日酿成甜美的蜜

但当窗前空寂了

风吹响沙沙的纸张，没有回答

怀疑使绿色焦黄

长久的等待中，举手

也像徒劳，每日清晨的水滴

从盆底漏去

而生命是笨拙而有限的

叶子因疏忽和遗忘

卷起，拒绝

蜻蜓的接触

带着深冬的酸涩

龟裂的泥，尖锐的刺

淡淡的影子在黄昏消失了

留下盆栽，在窗前

叶上长纹的人形

又越过了瓦盆和碎影

是那闪动的光

攀往空中的

花朵

我们曾在

逐渐暗下来的室内

偶然看见一瓣叶

缓缓舒放自己

像风中的衣裳

　一切舒放都值得珍惜

尽管后来

百叶帘失手掉下

仙人掌在愤怒中折断

又拗曲了

你说那株拗曲

又折断的仙人掌？

经过一段日子

它又会再带着温柔的心

在中断的地方再攀爬

当你怀疑，你见它停在尘埃里

等你相信，又见它从伤口

怯怯地伸出手来

1977

池

一千年那么老
镜容池
把所有的山
纳入怀里

对所有嶙峋地
蹲伏在林后
苔地上的
巨石
答予温和的回声

对所有晃动
在岸边
摇着摇着头
那么多的否定的
所有的鹅
肯定地笑

对所有暧昧的
浅绿

棕黄

层层

如烟的朦胧

坦露清澈的面容

对池边

呆坐

走过

不知为什么笑

或是不知为什么忧伤的人

慰以不息的水流

1978 京都

白日

池中的白日
越来越明亮
浮云
在枯草和浮萍下面
　　　　　　　　缓缓
　　　　　　　　　移过

嶙峋的石块
　　　　　　看着倒影
拥抱自己
　　　　　越来越阴暗
一阵风
　　　吹过

树
　折断了
桥
　起了波纹
所有的
　　　颜色

闪烁

　　　　不定

只有白日
依旧明亮
甚至给流走的枯叶
带着点点白光远去

1978

寻找一位诗人

昔日翻阅旧报纸寻找你的句子

黄脆的纸边在影印机的光影里

落下点点黄槐叶子

今天在异国花开的时候开车来寻你

却在绿叶紫花的风景中迷失了

春天的话语吹过树梢

墨迹似仍留在灰墙上，人却

不断生长，照片和录音带记录得了吗？

微笑的眼前有时升起灯火的光影

少年的水纹，驿站的夜晚，走了

旅店的主人和我说，欧战的风云，

怀乡的心，渡海而归，来到

颓废濡沫的都市，你要有布谷的声音……

我们少年时候吟诵的诗句

会引领我们终于见到心仪的诗人？

在风雨中生长众人的生涯比诗更曲折

掩埋在泥污焚化于野火

再生在两个互不认识的世界

恍如隔世的字句，能超越

一代人睽隔而累积的偏见，或随来的
世俗的酬酢、种种功利的考虑？
我们还可以阅读诗句来解开重重困惑吗？

好像见到了你，好像说了那么多话
声音都沙哑了——其实一直在问路
一个错误的地址，一个错失的时间
世界这一端花开了，另一端花落了
这边日出，那边日落，醒了
又还是梦？有什么可以联系起
那些四散的星点？诗还可以
把分途的心连起来吗？

还是在异国，驶过重复的风景
问路再问路，拐左又拐右
我们焦急地驶车来寻你
屡屡把路旁的光影误作似锦的繁花了
我本爱那宽阔的心怀
不与黄花相比。一晃许多年过去了
还继续在寻找你，我们心中的诗人

给辛笛
1981 初稿
1984，1995 修订

修理屋背的颂诗

他们在修理屋背

黑色的橡皮像蜕出的蛇皮

从窗前扔下来

        扔下来

巨大卷曲的落叶

无声飘下草坪

隆隆辘辘——隆隆辘辘的雷霆开始

从头顶重重锤下

天花板开始动摇

有人沉重的脚步在我们头上行走

钉钉锤锤的早晨，法兰克·奥哈拉

我本来在修改一篇有关你的长文

我不如写一首诗给你

许久没有想到要写一首诗了

绿叶与红花旁边

沥青染黑了橙红色机车

袅袅浓烟缓缓地抚摩卷展

一根长管连接到屋背上面

然后机器开始黑色的谈话

突然有人掀起盖子

心中涌出一阵白烟

你在那里又如何呢?

也有人在你头上行走

并且使用隐秘的符号?

你会知道天上扔下的丝丝缕缕

不过是橡胶、沥青、木屑或铁片

在这里住了几年我也快要离开了

清理杂物,整理书籍和影印的论文

扔去无用的草稿,留下另一些

把它们修理,发展成不同的事物

啊,眼前正有人爬上树

用绳子把胶管安定在树干上

于是又涌起一阵白烟

戴蓝帽的人环绕机器观察

头上的钟声擂进心里

无端翻起重重黄色烟尘

又使我想起另一个世界

我该早点完成一切离去

结束这段日子换个新的屋背

是应该剪发了

而且也许多天没睡好

轰然的声音人们在天上滚勤啤酒桶

法兰克·奥哈拉你不是在天上

你是一个驾驶货车的司机

一个修理屋背时会随着钟声跳舞的男子

随意走进日常事物的变化，唉后现代主义诗学

我放下讨论你颂诗的长文改写一首诗给你

对你的自然多姿我唯有衷心赞叹

呼！是不是厨房的灯泡掉下

天花板不牢固，门钮震脱了？

没有一处是安定的居所

我拿回三十个纸皮箱

准备把书籍运回家去

这里那里屋背都不完整自己正在变化

陈旧的蛇皮蜕弃在草坪上

新的还未长好

隆隆辘辘地唤着定要诞生出来

烟尘弥漫沥青的碎屑

虽然来自不同地方到处都是破烂的世界

我一边看一边写字

想起你写一首诗给你

1982

怀想一位诗人：吴兴华

不过是一位陌生的女士，相遇
在异国舒适的客厅，若果不知道
她曾在你身旁，在你生命中最后的
十四年，还是饱满的帆那样的日子啊
我们传奇的诗人……
　　　　　　　　不多人认识
但少数人手上辗转相传的诗作
划过天空明丽有如雨后的彩虹
那么一切到头来又是为了什么
好像只剩下虚渺如烟雨的传闻
我是从另外一个方向走过来
希望通过传奇能找寻真相
我其实并不相信明星或彩虹的灿烂
但时时从这些手钞的诗行间停住
惊觉有隐秘然而真实的东西
所以我也像一个笨拙的访问者
问她你一生的年份念过的书册
译诗和交游那类琐碎的问题
一切言语都可以变成没有意义
最优雅的作品可以在暴浪中碎散

帆桅折断在白沫下不留痕迹

谈话中我们突然来到一个最后的夏日：

"那是劳动的第一天……他想喝水

他们起先不肯让他喝，后来

他晕倒了，他们就用脚去踢他，把

阴沟的脏水往他口里灌下去……"

话越说越快，我们静止了。像你说

悲哀的极致岂止仅仅是涉及个身

尽是一种无法解释的疲倦的胸怀

不必略去那悲惨的尾声，我们听下去

当灰的夜风从大开的窗间流入

我感到冷冽，同时也感到你走进来

回来在我们之间了，这不再是在异国客厅

遇到的一位陌生的女士，她就是你

我变成你，每一个聆听的人都会成为你

你的经验流入我们、文字自然地

混入我们的文字，教我们把撕毁的重拼

1983 *初稿*
1985 *修订*

大马镇的颂诗
——给叶维廉

"中国画家不喜欢从一个角度

绘画一切事物……"早上十一时

在一个文学理论的会议里

想起你坐在户外看黄蚁

爬过木桌上的书本消失在

满地落叶间，越过

错植的尤加里树

我们一起望向远方的旷野

走上后山，你说

这异国的风景有一种开阔的感觉

你熟悉隆起的蚁丘，知道种种草木

还有草药味道的叶子

你在手中分开五瓣松针

"可是，"你说："还是喜欢故乡的松树。"

我们都知道中国画家的构图

一个理想的小镇居民平均分布

并没有哪一所房子是最重要的

天寒的时候我们移回室内

你握着一杯暖茶眺望远处

没有听见我跟你说话

汽车在公路上奔驰

天色逐渐暗下来了

车厢里断续的谈话

逐渐开展一片新的风景

会上的讲者正在读他喜爱的布莱希特

谈中国绘画："中国式的构图

没有我们惯见的强逼的力量

那构想里有更大的自由

眼睛开展一个探索的旅程……"

你还在树丛中煮茶和吟诗吧

天桥下面这是最后一片旷野

偶然一辆汽车驶过

天色逐渐暗下来了

我们局促在后座

你说遥远的事物

汽车隆隆的马达

令我们的声音嘶哑了

等天气和暖

我们再坐到院子里喝茶

记得离去那个晚上

我们一起翻看印象派的画册

我们喜欢春天巴黎蓝绿色的树丛

粉红色的西伯利亚漂来的浮冰

汽车沿路开下来时我想

这是一个我们喜欢的小镇

有一晚在海滩上捉了二百多尾小鱼

果园里有芬芳的墨西哥番石榴

卢桔酿成了最美味的酒

我们每次以为找到了答案

便有一个人走出来

拉开绳子，把那卷中国画打开

那画中的"怀疑者"，我曾是

那怀疑者，问着布莱希特的问题：

这是不是太简单呢？

以致把事物复杂的矛盾都抹煞了？

又或者它太暧昧？每一个误解

你都有责任。为什么一个人

看不到另一个人的处境？

以及最重要的：该怎样行动

如果相信说的话？到底，该怎样行动？

日午我们坐在室外喝茶

听着的是落叶的颤抖

还是果实圆熟的呼息？

（让我们把画幅卷上？）

蜂鸟停在屋角

吸啜盛器里的糖浆

不同的人向我们展示不同的画

我也在寻找一个理想的小镇

房子的分步有如中国画的构图

各部分既不互相控制也不依赖

我们走向那儿，通过

理论和实践的矛盾

怀疑和肯定，以及

不断地自问：如何行动呢？

白鸟拍拍翅膀

飞过眼前的屋檐？

我也喜爱山水画

喜欢自然不喜欢修剪整齐

仍然留下空间让一朵花

和另一朵花同时存在

感谢你教会我远眺

我也喜欢眼睛的漫游

但有时，解开来的是另一卷中国画

是人物画，"怀疑者"的画像

有时禁不住想对既定的意见质疑

有时心中有对事物的感激想写一首颂诗

让我这怀疑者写一首颂诗

1983 初稿
1985 修订

《用左手的女人》

我们昨天晚上看了彼德·汉克的《用左手的女人》

从电影院走出来

走向灯光零落的街头等一辆公共汽车

我想到你，你也会喜欢这电影的

现在是早晨，我想这是秋天了

风不知怎么这么大，把一树叶子吹得乱抖

远处一幅空地上尘土飞扬

一个女孩子走过，举起小提琴挡着脸孔

偶然一辆汽车驶过

美好的阳光照着一切

我隔着关上的窗子看着外面

安静的早晨，彼德·汉克电影中的一幕

一个人安静地坐在房间里

观看，沉思，或是孤独地打字

翻译福楼拜的《淳朴的心》

我们在安静的早晨里会成为更诚实的人

你有时也想到要尖叫吗？

无端在屋内踏高跷，把杂物扔进垃圾桶

或是无目的地走一段路

当外面的压力变得太大我们退回室内

楼下音乐系的同学正在弹琴

遥远的一段调子，又渐渐听不见了

这世界正在变化

我们期望事情可以缓慢一点

可以安静地坐在一个逐渐暗下来的房间里

喝酒，沉默，说话

可以在黄昏时散步去看山和树木

我们喜欢有一个年老的父亲指出我们衣服上的洞

坐在摇椅上为我们缝好它

可是世界逐渐变化到不能理解的地步

天气寒冷产生的静电

令我们握手时感到危险把手缩回来

当我们想真实地走向内心我们的外貌变得怪异

与人的联系逐渐崩解了

我看着那部电影我感到某种优美

然而哀伤的东西，也许我没法把它说出来

我坐在窗前工作，想到也许有一天

你会和你的孩子对坐吃一盘盘的水果

在冬天穿着厚厚的衣服散步

也许会翻开《淳朴的心》

在没有空间的地方为自己挣开一个空间

继续你的工作？

我在室内打字，隔着玻璃窗

看阳光下强风吹断一截截弱枝

远处本来美丽的草丛已铲去

只剩光秃的泥地

强风吹起阵阵泥尘

一个女孩子在路旁走过

举起乐器挡着脸孔，继续走一段路

1983

太阳升起的颂诗

我坐在窗前准备英诗

逐渐看见了外面的微光

然后你突然就在那里了，来得那么自然

那么光亮，带一点羞赧

又是完全完整的，照遍旷野

照进窗里，也把我的影子描画出来

一两头鸟儿飞过宽敞的天空

我可以感觉它们羽毛上的清凉

我感到那么平静

仿佛我们可以合力帮助你升起来

然后你给事物涂上一道金边

让他们带着光芒远去

一辆脚踏车、一辆汽车

几个早起跑步的人，带着我们的秘密走远了

我在这微凉的温暖里，高兴

你照见了人世，我看着

你停在那小山的上面

有好一会，光线好像淡了

好像还是不完全愿意跟阴影说再见

好像会较弱、散涣，不能坚持下去

难以搅动习惯积聚的灰尘，不容易惊动
土地的沉睡，觉得到底还是没有办法
改变这个长了灰色硬壳的世界
好意地照亮别人往往是没有回应的
微黄的脸孔显出焦燥、怀疑
老是磨折自己，昨夜的记忆纠缠
不若就在那些琐碎的事物间半睡半醒地
度过一个早晨算了！何况总有流行的说法：
到头来每个人都是孤独地站在大地的当中
而且不久就要是黄昏了……

我看着你停在那里，像刚成长的爬虫
犹豫地看着前面
我想问：喂，要不要帮忙？
要不要我来帮你升上去？
但我在我这人的窗子里
只能从过去的经验，从面对的言语
寻找令你升起的理由
你停在那里，圆圆的、笨笨的
不知是在继续努力
还是想不如回到被窝里再睡一觉

尽力加一把劲吧，我说
我在黎明的光中

在白色空气的边缘静静等待
我再回到书上那些时而肯定
时而犹豫的文字，逐渐地
我感到了比较实在的温暖
望出窗外，你已经慢慢升高了

1984 初稿
1985 修订

给苦瓜的颂诗

等你从反覆的天气里恢复过来
其他都不重要了
人家不喜欢你皱眉的样子
我却不会从你脸上寻找平坦的风景
度过的岁月都折叠起来
并没有消失
老去的瓜
我知道你心里也有
柔软鲜明的事物

疲倦地垂下
也许不过是暂时憩息
不一定高歌才是慷慨
把苦涩藏在心中
是因为看到太多虚假的阳光
太多雷电的伤害
太多阴暗未定的日子?
我佩服你的沉默
把苦味留给自己

在田畦甜腻的合唱里

坚持另一种口味

你想为人间消除邪热

解脱劳乏，你的言语是晦涩的

却令我们清心明目

重新细细咀嚼这个世界

在这些不安定的日子里还有谁呢?

不随风摆动，不讨好的瓜沉默面对

这个蜂蝶乱飞，花草杂生的世界

1988—1989

带一枚苦瓜旅行

我中午的时候煮来吃了

切开来，炒熟了

味道很好，带点苦，带点甜

带着你从另一个地方带回来的好意

在你带着它回来的途中，在你身边

它一定是逐渐变得温柔了

你是怎样带着它的？

是托运的行李？还是自携的行李？

它在飞机上有没有东张西望、有没有

因为肚子饿而哭了？因为远离海拔而晕眩？

我说我这边滂沱大雨，你说你那边

阳光普照，你正要出发来我的城市

所以你相信可以带着它跨越

两地不同的气候和人情

我看到它也就相信了

你让我看见它跟别人不一样的颜色

是从那样的气候、土壤和品种

穷人家的孩子长成了碧玉的身体

令人舒怀的好个性，一种温和的白

并没有闪亮，却好似有种内在的光芒

当我带着这枚白色的苦瓜乘坐飞机

来到异地，踏上异乡的泥土

我才想到问可曾有人在海关盘问你：

为什么不是像大家那样是绿色的？

仔细检视它暧昧的护照，等着翻出麻烦

无辜的初来者背着沉重的过去静候着

还是那令人舒怀的好个性，收起酸涩

平和地谅解因工作辛劳而变得阴郁

两眼无神且苦着脸孔的移民局官员

我带着它愈走愈远，像我的说话

愈不着边际，愈是想包容更多

只缘我不顾漏掉细节，关于一枚苦瓜

如何在夜晚辗转反侧，思念它离开的同类

它的呼吸喘急，可是它怀念瓜棚下

那熟悉的位置、外人或觉琐碎的感情？

你总是原谅我言语的陋习，当我问：

你什么时候回来？你只是回应：

你什么时候走？一个离去，一个

归来，你接受了我言语的时态

滑溜而不可界定。我吃苦瓜

我吃过苦瓜才上飞机

为什么它又长途跋涉来到我的桌上

是它想跟我说别离之苦？失意之苦？

它的身体长出了肿瘤？它的脸孔

在孤独中长出皱纹了？

老是睡得不好，老在凌晨时分醒来

睁着眼睛等到天亮？在那水纹一样的

沉默里，它说的是疾病之苦？

是没法把破碎的历史拼成完整？

是被陌生人误解了，被错置

在一个敌意的世界之苦？

但它的外表还是晶莹如玉

澄澈得教人咀嚼可以开怀

我在说每个人该好好说的

明白的话里我自己想说的

混乱的话，我独自摆放杯盘

隔着汪洋，但愿跟你一起

咀嚼清凉的瓜肉

总有那么多不如意的事情

人间总有它的缺憾

苦瓜明白的

1998 柏林

十四张椅子

你微软的靠垫承受住幻镜中兴奋与颓唐的起伏
蜃楼隐现，商贾善舞的长袖幻变广厦三千
眺望已不存在的火车站，想象更远的长征
历史坐在那里与大地见证人间不断窑变的斑痕

你若是一张椅子，承受过整日呆坐工作的白领
安慰城市里失意的流浪人，收容街头的浪荡少年
在战火间让难民休憩，何妨开放包容更多
避冬鸟儿的灵魂来过冬，园里有倦飞归来的荷兰人

钟楼已是黄昏，音乐厅里传来乐章的片断
挽住行人匆忙的脚步，撩拨麻木的神经
那另一人的创作，想告诉我们的是什么？

长期承受筋肉酸痛易令人消沉，但你若不站起来
又怎可以扶持他人？我终见你带着去夏的希望连着挫折
在冷雨湿雾中颤危危站起，攀援抵达自己的位置

2004

"十四张椅子"原是香港雕塑家刘小康构思放在香港文化中心前的公共艺术,椅子由颓倒到直立,后面有梁秉钧诗句。

围坐

抬头看远处：高山上有鹰飞翔

飞过峡谷，越过人类的国界

廊下挂起飞鹰的模型

有人给孩子讲解山谷里的生态

总有不为什么枪杀鸟儿的人们呢！

修道院在这里多年了

见证了不同的人生

许多不同的路在这里相交

女子这几个月在研究盐路的历史

卷一根烟，吐出一个慧黠的笑

我们会在世界不同的路上再相逢吗？

流浪到印度的英俊少年

（是的，他曾在恒河洗澡）

欣赏不同省份的咖喱

我再有机会尝到你的厨艺吗？

物理治疗师与作家

同样忍受颈痛，因为长久埋首工作

翻译法国哲学家晚年艰深的著作

两位德国女士与一位中国诗人
同样经过历史的伤痕
有共同认识的人

修道院有森严的大门
却可以拉动楔子打开
花园里有各种盛放的花朵
我们踏进角落一面镜子
发现一个新奇的空间

2005 初访沙可慈修道院

马蒂斯旺斯教堂

一切到了最后可以如此简约

任天气作主

阳光走它走惯的路

带来四时不同的色彩

在不可逆转的生命过程里

也总有柔美的事物

你可以比梨子更绿

比南瓜更多橘色

如今赏尽生命的盛宴

但见：

母亲·婴儿

天空

云朵

一个穿着僧袍的人

叶子

花朵

生命的树

我们坐在这儿

看着从玻璃传来的光影变化

不同的颜色

在我们的脸上变明变暗

每个人都可以

怀抱希望

2006，2012

附录

....
看见外面的世界
阳光很好，有点风
想着自己
和自己以外的世界
忍不住笑了

《罗马尼亚的早晨》·2011—2012

梁秉钧小传

梁秉钧（一九四九—二〇一三），笔名也斯，香港诗人、小说家、散文家、文化评论家、学者、摄影师。他幼年寄居于外祖母在黄竹坑乡村的家，父亲早故，母亲在城里工作。孤独中他常躲匿在家旁小木屋里，周围只有父母四九年逃难带来香港的书本。他的童年就是在孤寂与书本中度过的。然后是无尽的街道，他跟母亲搬到城中，开启了一个新的空间。他行走于巷里与人群中央，对一切被忽略的事物留神，老人的步履、夜的建筑、雨的痂结，一切不纯粹不规则的事物在他心中都开始有独特的姿态。

六〇年代初他开始创作，五十年来从没间断。第一本散文集《灰鸽早晨的话》（一九七二）收录他十六岁至二十一岁作品，内容清新睿智，为台港文坛带来惊喜。一九七三年与小说家吴煦斌结婚，育子以文，女安文。一九七八年赴美国加州大学圣地牙哥分校，研究中国新诗与西方现代主义的关系，获比较文学博士学位，博士论文 Aaesthetics of Opposition:A Study of the Modernist Generation of Chinese Poets，1936-1949《抗衡的美学：中国新诗中的现代主义（一九三六—一九四九）》是研究中国现代诗的重要文献。返港后任教于香港大学英文系及比较文学系（一九八五——一九九七），后担任岭南大学中文系比较文学讲座教授，兼任人文及社会科学研究所所长，及人文学科研究中心主任

（一九九七—二〇一三）。

自六〇年代开始，也斯在港台文坛介绍法国新小说、美国地下文学及拉丁美洲小说，是首位深入推介加西亚·马盖斯（Gabriel García Márquez）、聂鲁达（Pablo Neruda）、波岂士（Jorge Borges）、约撒（Mario Vargas Llosa）等南美文学大师的人。他著有多本诗集、小说集、散文集、文学理论集及文化研究论集。作品有英文、法文、德文、葡文、瑞典文、日文、韩文等多种译本。他曾获多项诗奖、"艺盟"香港作家年奖（一九九二）、中文文学双年奖［小说集《布拉格的明信片》（一九九一）、诗集《半途》（一九九六）、小说集《后殖民食物与爱情》（二〇一一）］、香港荣誉勋章（二〇〇六）、香港艺术发展局年度文学艺术家奖（二〇一〇），以及香港书奖［散文集《人间滋味》（二〇一二）、文学评论集《也斯的五〇年代》（二〇一四）］。也斯二〇一二年获选为香港年度作家，配合"人文对话"展览，回顾个人创作的道路。

梁秉钧对世界有一种童稚的好奇。他倾听木屐的声音、梨子的对话、房子的倒塌，观看巨人奔跑驱逐太阳，一面墙从地上升起，静默地写下心中所感。"随物宛转"，"与心徘徊"。他从心出发，到达物象世界，明白独特的物性，外物所思所想，情之所安，因而对自身以外的世界有极大的包容。他尊重一切生命的本质，每一种不同的生活姿态，"包容 种种 破碎不知秩序"（《青菜沙律》，一九八八）。他对其他艺术领域亦是如是。他欣赏一切相异的声音，他是"顽童奔跑的脚步／无意中越过了边界"（《我的六〇年代》，一九九四），多年来曾以诗与不同艺术媒体对话，与摄影师如李家升、黄楚乔、梁家泰、又一山人、王禾璧、苏庆强、黄勤带、关本良、高志强、陈伟文、Michael Wolf；艺术家如梁巨廷、蔡仞姿、陈敏彦、刘小康、周耀辉、刘掬色、骆笑平、吴耿祯、智海、Gérard Henry、Milena Roglic、Laura Barrón、Larry Eisenstein、Z'otz* Collective、Gary Dault、Paul Magendie；舞蹈家梅卓燕、彭锦耀；音乐家龚志成、Frédéric Blin、梁小卫；时装设计师黄惠霞、凌颖诗；戏剧家黎键、邓树荣、罗静雯等都有不同的合作计划。

他亦从事其他艺术形式的创作。他的个人录像作品《搬家》一九九七年在香港国际电影节及伦敦电影节放映。他曾在德国法兰克福工艺美术馆、瑞士伯尔尼"房间"画廊、南法沙可慈修道院、德国文化协会、香港外国记者俱乐部，举行个人诗与摄影展览；及跟其他艺术家（骆笑平、李家升、蔡仞姿、又一山人、陈敏彦）举行联展，并与李家升在多伦多、巴黎、慕尼黑、东京举办诗与摄影展览。

梁秉钧在香港成长、工作、生活，对这个"永远在边缘永远在过渡"的都市（《形象香港》，一九九〇），有极深厚的感情，写了大量以香港为题材的诗，就是写异地的风貌，生命的沉思，历史的痕迹，亦有香港浓浓的影子。九〇年代开始，梁秉钧跟欧美有频密的接触，他一九九〇年获歌德学院基金访问柏林及东欧，一九九一年获亚洲文化协会基金，往纽约半年从事电影文化研究，一九九五年往加拿大约克大学讲学，一九九八年任驻柏林作家，二〇〇〇年夏季任海德堡大学访问教授，二〇〇三年任东京大学访问教授，二〇〇四年夏季往苏黎世大学讲学，二〇〇六年获 Fulbright Fellowship 到哈佛大学进行研究，二〇〇六及二〇〇八年获邀为驻南法沙可慈修道院作家。他曾应邀参与柏林及东欧的文学节、法国"图书沙龙"、斯洛文尼亚国际文学节、罗马尼亚国际诗歌节、及柏林"百布广场答问"（二〇〇六年九月九日全球一百位作家受邀请到百布广场纪念一九三三年五月十日纳粹焚书二万册企图压抑思想自由）；并在杜塞尔多夫、伯尔尼、巴塞、苏黎世、柏林等举行个人诗朗诵。二〇一二年也斯更以丰富的创作成绩，以及对现代中文文学研究的贡献，获瑞士苏黎世大学文学院颁授名誉博士学位。

然而每个异国的地方，都引起他对香港深沉的思考。他写了大量越界的文字与感受，或以散文或以诗，从东方到西方文化，从文学艺术到文化思考，从旧思维到新观念，提出了种种留在原地没看到的问题，尝试温和地向囿于旧习惯的香港社会描绘一种新的感受与认知，以图改变。德国教授顾彬说也斯是"罕有地具有国际视野的香港作家"，亦是基于这种深入的越界文化思考。

梁秉钧虽然在文学上有卓越的成就，但他对周围事物的关怀和忧虑，也形成种种郁结。他童年的孤独与天生的敏感，让他在幽默与微笑背后，心里常常感觉沉重，诗温厚中亦常带忧伤。如何可以让委曲的人得到安慰？如何可以消除人际的偏颇？"受了伤的会得到治疗吗？／冤枉的会得到裁决／心会找到安顿的所在／地下室里的眼睛再看见天空？"（〈大地上的居所〉，一九九〇）。他行走在事物的边缘，沉默地守望，尝试在世界的牵绊中找寻解决的方法。但在这"蜂蝶乱飞，花草杂生"的世代（〈给苦瓜的颂诗〉，一九八八），这渐趋冷漠与暴戾的世界可以改变吗？

二○○九年梁秉钧不幸罹患肺癌，二○一三年一月五日上午在家人围伴下安然辞世。但他最终仍是相信一切可以慢慢改变，青草会"绵绵生长下去"（〈那边、这边〉二○一一）。他最后几年写或修订的诗，多是平静、温暖而美丽。他是希望这些"零散的阳光与花瓣，也能为其他在逆境的人，带来一点安慰"（《普罗旺斯的汉诗》后记，二○一二）。

在不可逆转的生命过程里

也总有柔美的事物

……

我们坐在这儿

看着从玻璃传来的光影变化

不同的颜色

在我们的脸上变明变暗

每个人都可以

怀抱希望

　　　　《马蒂斯旺斯教堂》·二○○六、二○一二

也斯最后仍是怀抱希望。

（节录自二○一四年也斯展览纪念诗画集《回看·也斯》）

后记

　　梁秉钧是香港本土诗发展中的一位关键性人物，他广泛吸纳外国现代诗、五四以来中国新诗的养分，并接受像马朗这样的早期香港现代诗和本土诗播种者的启发，从一个全新的角度看待本土风物。这是一种对本土风物怀有积极感情的态度，细节丰富、语调平静、不怨不怒。

　　《梁秉钧五十年诗选》原由台湾大学出版中心于2014年10月出版，上下册，968页。书前有叶维廉先生的代序《语言与风格的自觉——也斯（梁秉钧）》，书后有该书编辑翁文娴女士写的《跋》。翁女士说：

　　　　也斯在二〇一二年二月就告诉我，台大将为他出版一本选集，传来一个档案，其中《雷声与蝉鸣》早期写香港景象的诗都没有收，说希望台湾诗界读到他后期的发展，诗集题名《词与物》。我马上回说："台大出版"是一个很有指标性的阵营，透过他的诗，读到香港小民的汗血感，是非常难得的机会。这样就退回再选，过一个月，他又传来第二个版本……也斯两年前就编好这本选集，而我意见多多，令他未能亲见自己的台大出版，这个错永远不能弥补。他做化疗后坐都坐不稳，还听我胡言将选集改来改去，什么血统生出这样

503

> 包涵又耐心的性情，总亮着眼睛会看见下次比上次更美好？……这个选集，最后由也斯夫人吴煦斌总其成，终于圆满。

梁秉钧于 2013 年 1 月 5 日辞世。他未能亲见自己最大规模的诗选面世，固然是一大遗憾，但翁女士"意见多多"，使得梁秉钧"将选集改来改去"，却未见得是坏事，甚至可以说是一件幸事。因为梁秉钧的早期诗，现在回顾起来，在海峡两岸的新诗中，都是极具开创性的。但任何仍在创作中的诗人，都希望读者能够像他自己那样重视他的中近期作品，这也是完全可以理解的。所以，这个诗人自选加上吸纳一位知心读者兼编辑的意见，也许更能反映梁秉钧诗创作的整体面貌。

叶维廉的代序原发表于《台湾文学研究集刊》2014 年 8 月号。叶维廉在文中提到，他与梁秉钧结识于 20 世纪 70 年代初。他劝梁秉钧去美国加州大学读博士，成为他的学生。他们亦师亦友，甚至"师生如兄弟，时时为现代中国文化呕心，他希望为现代中国文化找出一点曙光"。叶维廉编译《防空洞里的抒情诗：中国现代诗选》时，把梁秉钧的博士论文《抗衡的美学：中国新诗中的现代主义》其中一章《中国诗歌中的文学现代性》收录书中，作为该书的第三篇序。叶维廉笔锋一转："但我更喜欢他的诗，或者应该说诗和散文互为推展下为香港披沙炼金地，带着最纯粹的未被污染的喜悦的心，呈现中国文化里抒情式的坚韧的力量。我深信，他诚挚不被框限的文心，将是香港的典范，也是不同文化碰撞中蜕变的中国必须追随的典范。"

叶维廉提到，1991年，他应邀担任第一届香港中文文学双年奖的评审，读了几本入围的诗集，包括梁秉钧的《梁秉钧卷》。写到这里，叶维廉从中国和西方现代诗的大脉络，谈论梁秉钧的诗，我认为这不仅有助于读者了解梁秉钧，也有助于读者了解整体上的现代诗的发展脉络：

也斯《梁秉钧卷》很显著地凌驾在其他的诗集之上，有很多地方还超过台湾和内地的重要诗人。他不但具有我说的语言的自觉——包括完全摆脱陈腔滥调的素朴洗练和对"风格历史"的两种自觉，而且在事件呈现和语调存真上提供了变化多端的语言策略。他在散文与诗的语言间摸索出一种叙述的抒情形式，在散漫与严谨中找出一个自由收放的运作空间，或者我应该更正确地说，在来回于散漫（指的是漫步式、游目式，非散漫无章也）和严谨之间尝试多种收放的呈现事物的方式。在许多方面，和台湾现代主义后起的诗的运动同步地通某种重要的消息。

也斯的诗语气自然、干净利落、没有陈腔滥情的倾泻是显而易见的。他的声音，不管伤愁不管腾跃的欢快（他是极其敏感的人，自然地也会有喜悦和愁苦），都是如坝上的水很缓慢地溢出，或如一种平静中微微的颤抖，或如静夜中火光一闪，让我们触然一觉而开始深入思索。在这里，我想从他的突破谈起。

现代主义出现的初期，是以突破传统思想和语言的宰制来重新唤起被物化、被规则化社会压制下去或消减化灭的生命世界的层面，开始时是开放性的，在形式上，在思想上，对传统的读者都有"骇人处"的创新。但物化、规则化社会发展中，在工具理性至上的推动下，语言的艺术性、语言的灵性层面受到最大的戕害（亦即是语言被看成只是一种工具，其灵性持护的角色则被轻视至忽略），所以在开放的同时又进行语言艺术的营造，也是语言自觉最尖锐的时期，企图以此重现已失去的灵性。由于营造，便又在打破了传统的结构和表意行为之后，另求新的结构，如利用"原始类型"、神话、曲喻、反讽等等。同时为了追求灵性的重建而又偏向于"纯诗"，把其他的所谓"不纯"的经验（包括日常的所谓琐碎的经验）摒诸门外，而无意中又回复到"超越"（如"理体"、"神"）的追求。中国的现代主义者，由三〇、四〇年代到六〇年代，虽然不会迷失于"超越"的追索（中国传统美学中这种取向不显），但在结构上有时也变得极其复杂诡奇，到了成为私有象征的地步。

现代主义后起思想，觉得这与原有的开放性相违，而且对于其中的排他性很有意见。在诗歌上，在一般艺术上，便开始再从新的封闭走向新的开放，从"崇高纯粹"走向日常事物事件。在形式上，由浓缩紧扣走向放松自由，把过去很少写的题材，包括偶发性的题材，加以美学的凝注，给它们庄严的凝视。

叶维廉又对"凝视"作了进一步的论述：

也斯的艺术是"凝注的艺术"，英文可以称为 art of attention。但"凝注"是古典诗和现代诗都具有的基本运作。也斯的"凝注"在他的即兴式的题物摄音的方式中有什么美学的作用呢？这，我们必须在散文与诗的运作间说明。

散文是随经验转折，可以不按理出牌的一种即兴方式，可以随话题而转，不避开叉笔，每一步都可以自发成一种选择，善于统摄捉摸人生的琐碎情状，看来错乱无章，却正好捉住经验的真实，尤其是生命中偶发性的经验（我们所以称之为"随笔"、"漫谈"）。它的题物（意象的呈现）摄声（音乐性）都不是诗中常用的压缩和建构（由于压缩和建构，诗语常有非自然之感），而是淡淡然地来，有时还演绎、重复、变调、再解。声音自然，近似我们平常说话的声音，所以也更易模拟我们说话时的语调变化的丰富性。

从浓缩紧扣的现代主义走出来，要使人生琐碎万状的其他事物复活，要能即兴自由兴发，散文的行进方式正可解困；但散文也是易于散漫无章，是不是诗人遇物不拒，想到什么就写什么呢？不。在这里，凝注是最重要的，虽然诗人觉得一切存在物都是平等的，都是庄严的，但这也不是等于来者不拒。诗人说："我知我们不能离开这世界的言语／但也不是要附和它"。事实上，我们也不能离开这世界的事物，但也不要附和它们。过分受制于语言固化的示意表意方式会歪曲外物，所以诗人要它们的灵魂（见《水果族》）从凌乱的事物间跳跃出来。要它们从"撞破对称的秩序"（《冕叶》）中，从"游动的符号"（《勉叶》［后来改为《老殖民地建筑》］）中带有一种生命和灵魂的个性显现（epiphany，仿似宗教里的灵现），使到我们在这一瞬即过的相遇，有不易磨灭的印象，似是无关复是有关的，把游目中的事物、摄音中的情绪成为成熟、亲密的真实。

　　雅众这本简体字版《梁秉钧五十年诗选》，依据的是台大版。初排之后，厚达726页。根据合同，是可以删减的。但如何删减，谁来删减？鉴于我的香港诗人身份，方雨辰女士找我帮忙。而我感到责无旁贷。我不算是梁秉钧的"生前好友"，但毕竟交往也不少。我印象最深刻的是，有时候我们出席某个场合，由于我们都住在港岛，回程经常同路。他爱说话，我也爱说话，我指的是谈诗谈文学。我们在地铁里说呀说呀，一回神发现坐过站了。于是换乘，又说呀说呀坐过了站。他晚年戴帽子，我并没有任何怀疑。我不知道他身患绝症，一直在做化疗。他临终前几个月，我才知道他的病况。他是性情中人，十分随和。我小他整整一辈，但他没有任何前辈的架子。他写诗主要署真名，写散文主要署也斯。但大家都习惯叫他也斯，既因为比较顺口，也因为比较亲切，符合他的亲切形象。有时候本地或外地的朋友慕名，希望我能引见一下，他总是一口答应。其中有一位傅小姐，就是这样结识梁秉钧的，有一次她还邀请梁秉钧和我去她中环的家里吃晚饭。就在两个月前，傅小姐发来那次聚会的照片。她坐在中间，梁秉钧和我坐在左右。大家都欢笑着。我问傅小姐，这大概是什么时候？她说大概是梁秉钧逝世前两个月。这，是我和梁秉钧最后一次见面。

梁秉钧送过我几本诗集，我编香港诗选的时候也认真看过他的《雷声与蝉鸣》、《梁秉钧卷》、《半途：梁秉钧诗选》和英汉对照的《形象香港》等集子。但这是我第一次如此集中和如此大规模地读他的诗，对他在各方面的"突破"有更深的体会。我读完全书，把觉得可以割爱的诗作了记号，算一下，总共55首，约130页篇幅。梁秉钧把诗选分为十四辑，各辑诗按写作时间顺序编排。这是读者应当注意的，例如他的早期诗除了"青果"一辑外，还分布在其他十三辑里。我在删减时，"青果"、"莲叶"、"未央"、"颂诗"这四辑完整保留。其他各辑的删减，分别是"形象香港"（共34首）删6首，"游诗"（共32首）删11首，"大地上的居所"（共16首）删4首，"中国光影"（共20首）删5首，"食事风景"（共20首）删4首，"游戏"（共20首）删2首，"物咏"（共16首）删1首，"游艺"

（共 26 首）删 10 首，"古籍"（共 19 首）删 10 首，"问候"（共 16 首）2 首。我并没有一个非常具体的删减标准，更多是凭直觉。大致可以说，删去某些我认为稍微次要的诗和某些主题稍微重复的诗。如果说有什么标准的话，就是尽可能不影响整体的原创性和面貌。我倒是私底下希望，也许我所作的删减，能使整本诗集变得更结实和紧密，更突出梁秉钧的形象。

此外，便是删去叶维廉先生的代序和翁文娴女士的《跋》，以及附录中的梁秉钧年表。这些诗外的文字，约占 70 页篇幅。台湾和香港出版诗集，常常带有长篇评论或序跋。外国诗人的诗集，尤其是像梁秉钧这样大规模的总结性诗选，则常常是干干净净，甚至连简短的序跋都没有。雅众的诗选系列，也沿用这种简洁的做法。有鉴于此，我便写了这个后记，把叶维廉和翁文娴各自文中的精华，压缩在这里。希望这是一个可接受的折衷，以期在一卷本的诗选里尽可能多地容纳梁秉钧的主要诗作。

黄灿然，2023 年 7 月 6 日

图书在版编目（CIP）数据

座头鲸来到香港：梁秉钧五十年诗选 / 梁秉钧著 .
北京：北京联合出版公司，2025.1. --（雅众诗丛）.
ISBN 978-7-5596-7965-9

Ⅰ . I227

中国国家版本馆 CIP 数据核字第 2024T80J78 号

座头鲸来到香港：梁秉钧五十年诗选

作　　者：梁秉钧
出 品 人：赵红仕
策划机构：雅众文化
策 划 人：方雨辰
特约编辑：拓　野
责任编辑：管　文
装帧设计：陆智昌

北京联合出版公司出版
（北京市西城区德外大街83号楼9层　　100088）
北京联合天畅文化传播公司发行
山东临沂新华印刷物流集团有限责任公司印刷　　新华书店经销
字数330千字　　1092毫米×860毫米　　1/32　　16.5印张
2025年1月第1版　　2025年1月第1次印刷
ISBN 978-7-5596-7965-9
定价：98.00元